EDIÇÕES BESTBOLSO

# *Demian*

Hermann Hesse (1877-1962) nasceu na Alemanha e, em 1923, naturalizou-se suíço. Contista, poeta, ensaísta e editor de importantes obras da literatura alemã, o escritor foi um adversário declarado do nazismo e se posicionou firmemente contra a ascensão desta ditadura por meio de artigos publicados naquela época. Em 1911, viajou para a Índia a fim de conhecer a vida no Extremo Oriente. Em seus textos, Hesse procurou se manter fiel às tradições literárias românticas e clássicas. É autor, entre outros livros, de *O jogo das contas de vidro*, *O lobo da estepe*, *Sonho de uma flauta e outros contos* e *Narciso e Goldmund*. Em 1946, Hermann Hesse ganhou o Prêmio Nobel de Literatura.

Hermann Hesse

# Demian

Tradução de
IVO BARROSO

3ª edição

EDIÇÕES
BestBolso
RIO DE JANEIRO – 2015

CIP-BRASIL. CATALOGAÇÃO NA FONTE
SINDICATO NACIONAL DOS EDITORES DE LIVROS, RJ

Hesse, Hermann, 1877-1962
H516d Demian / Hermann Hesse; tradução de Ivo Barroso. – 3ª ed. –
3ª ed. Rio de Janeiro: BestBolso, 2015.
12 x 18 cm

Tradução de: Demian
ISBN 978-85-7799-413-7

1. Romance alemão. I. Barroso, Ivo, 1929-. III. Título.

CDD: 833
12-3908 CDU: 821.112.2-3

*Demian*, de autoria de Hermann Hesse.
Título número 316 das Edições BestBolso.
Terceira edição impressa em fevereiro de 2015.
Texto revisado conforme o Acordo Ortográfico da Língua Portuguesa.

Título original alemão:
DEMIAN



www.edicoesbestbolso.com.br

Design de capa: Carolina Vaz. Adaptação de Sérgio Campante para esta edição de bolso.



Impresso no Brasil

ISBN 978-85-7799-413-7

*Queria apenas tentar viver aquilo que brotava espontaneamente de mim.*
*Por que isso me era tão difícil?*

# Prólogo

Para relatar a história de minha vida, devo recuar alguns anos. Se me fosse possível, deveria retroceder ainda mais, à primeira infância, ou mais ainda, aos primórdios de minha ascendência.

Os romancistas, quando escrevem suas obras, costumam proceder como se fossem Deus e pudessem abranger com o olhar toda a história de uma vida humana, compreendendo-a e expondo-a como se o próprio Deus a relatasse, sem nenhum véu, revelando a cada instante sua essência mais íntima. Não posso agir assim, e os próprios poetas não o conseguem. Minha história é, no entanto, para mim, mais importante do que a de qualquer outro autor, pois é minha própria história, e a história de um homem – não a de um personagem inventado, possível ou inexistente em qualquer outra forma, mas a de um homem real, único e vivo. Hoje sabe-se cada vez menos o que isso significa, o que seja um homem realmente vivo, e se entregam à morte sob o fogo da metralha milhares de homens, cada um dos quais constitui um ensaio único e precioso da natureza. Se não passássemos de indivíduos isolados, se cada um de nós pudesse realmente ser varrido por uma bala de fuzil, não haveria sentido algum em relatar histórias. Mas cada homem não é apenas ele mesmo; é também um ponto único, singularíssimo, sempre importante e peculiar, no qual os fenômenos do mundo se cruzam daquela forma uma só vez e nunca mais. Assim, a história de cada homem é essencial, eterna e divina, e cada homem, ao viver em alguma parte e cumprir os ditames da natureza, é algo maravilhoso e digno de toda a atenção. Em cada um dos seres humanos o espírito adquiriu forma, em cada um deles a criatura padece, em cada qual é crucificado um Redentor.

Poucos são hoje os que sabem o que seja um homem. Muitos o sentem e, por senti-lo, morrem mais aliviados, como eu próprio, se conseguir terminar este relato.

Não creio ser um homem que saiba. Tenho sido sempre um homem que busca, mas já agora não busco mais nas estrelas e nos livros: começo a ouvir os ensinamentos que meu sangue murmura em mim. Não é agradável a minha história, não é suave e harmoniosa como as histórias inventadas; sabe a insensatez e a confusão, a loucura e o sonho, como a vida de todos os homens que já não querem mais mentir a si mesmos.

A vida de todo ser humano é um caminho em direção a si mesmo, a tentativa de um caminho, o seguir de um simples rastro. Homem algum chegou a ser completamente ele mesmo; mas todos aspiram a sê-lo, obscuramente alguns, outros mais claramente, cada qual como pode. Todos levam consigo, até o fim, viscosidades e cascas de ovo de um mundo primitivo. Há os que jamais chegam a ser homens e continuam sendo rãs, esquilos ou formigas. Outros que são homens da cintura para cima e peixes da cintura para baixo. Mas cada um deles é um impulso em direção ao ser. Todos temos origens comuns: as mães; todos proviemos do mesmo abismo, mas cada um – resultado de uma tentativa ou de um impulso inicial – tende a seu próprio fim. Assim é que podemos entender-nos uns aos outros, mas somente a si mesmo pode cada um interpretar-se.

# 1
# Dois mundos

Começo minha história por um fato acontecido quando tinha 10 anos e frequentava a escola particular de minha pequena cidade natal. Muitas coisas daquele tempo ainda exalam para mim certo perfume e irradiam em meu ser uma suave melancolia associada a gratos temores: ruas sombrias ou iluminadas, casas e torres, o soar dos relógios e faces humanas, aposentos repletos de comodidade e de cálido bem-estar, aposentos cheios de mistério e de um profundo medo de fantasmas. Odor de cálida intimidade, de coelhos e criadas, de remédios caseiros e de frutas frescas. Dois mundos diversos ali se confundiam; o dia e a noite pareciam provir de polos distintos.

Desses dois mundos, um se reduzia à casa paterna e nem mesmo abarcava sua totalidade; na verdade, compreendia apenas as pessoas de meus pais. Esse mundo era-me perfeitamente conhecido em sua maior parte; suas principais palavras eram papai e mamãe, amor e severidade, exemplo e educação. Seus atributos eram a luz, a claridade, a limpeza. As palavras carinhosas, as mãos lavadas, as roupas limpas e os bons costumes nele tinham centro. Nele se cantavam os coros matutinos e se festejava o Natal. Nesse mundo, havia linhas retas e caminhos que conduziam diretamente ao porvir; havia o dever e a culpa, o remorso e a confissão, o perdão e as boas intenções, o amor e a veneração, os versículos da Bíblia e a sabedoria. Nesse mundo devia-se permanecer para que a vida fosse clara e limpa, bela e ordenada.

O outro mundo começava – curioso – em meio à nossa própria casa, mas era completamente diferente: tinha outro odor, falava de maneira diversa, prometia e exigia outras coisas. Nesse segundo universo havia criadas e aprendizes, histórias de fantasmas e rumores de escândalo; havia uma onda multiforme de coisas monstruosas, atraentes, terríveis e enigmáticas, coisas como o matadouro e a prisão, homens embriagados e mulheres escandalosas, vacas que pariam e cavalos que tombavam ao solo; histórias de roubos, assassinatos e suicídios. À nossa volta havia todas essas coisas belas e espantosas, selvagens e cruéis; na rua ao lado, no interior da casa vizinha, policiais perseguiam ladrões; homens embriagados batiam em suas esposas; grupos de moças saíam das fábricas ao anoitecer; havia velhas que enfeitiçavam as pessoas ou lhes causavam desditas; no bosque se ocultava um bando de salteadores; os guardas florestais perseguiam ladrões e incendiários... enfim, por todo lado brotava e fluía esse outro mundo impetuoso, em todo lado, menos em nossos aposentos, ali onde estavam meu pai e minha mãe. E isso era magnífico. Era maravilhoso que ali em casa houvesse paz, ordem, repouso, deveres cumpridos e consciência tranquila, perdão e amor; mas era também admirável que existisse aquilo tudo mais: o estrepitoso e o agudo, o sombrio e o violento, de que se podia escapar imediatamente, refugiando-se quase de um salto no regaço maternal.

O mais curioso é que ambos os universos se confinavam em estreita intimidade. Por exemplo, quando Lina, a empregada, corria à sala de estar na hora das rezas vespertinas e ficava sentada junto à porta, as mãos muito bem lavadas descansando sobre o avental engomado, a entoar com voz clara os hinos religiosos, pertencia inteiramente ao mundo de meus pais, ao nosso, ao mundo luminoso e reto. Todavia, minutos depois, na cozinha ou no desvão da escada, quando me contava a história do anão sem cabeça ou quando discutia com as vizinhas no açougue, já era outra; pertencia ao outro mundo, aparecia rodeada de mistério. Assim sucedia com tudo e com todos e, mais do que a ninguém, comigo mesmo. Eu, como filho dos donos da casa, pertencia, de imediato, ao mundo luminoso e reto; mas para onde quer que dirigisse a vista ou apurasse os ouvidos, ia dar sempre com o outro mundo e, portanto, nele também vivia, embora quase sempre isso me parecesse estranho e inquietante e acabasse por infundir-me pânico, turvando-me a consciência. Chegou a haver temporadas inteiras em que eu preferia viver naquele mundo proibido, e o retorno à claridade, ainda que necessário e conveniente, era para mim quase que um retorno a algo menos belo, mais vazio e aborrecido. Às vezes, eu tinha absoluta certeza de que meu destino era ser como meus pais, tão claro e puro, tão reflexivo e ordenado como eles. Mas o caminho que conduzia àquela meta era demasiadamente comprido; para chegar a ele, era necessário passar por muitas aulas, havia que sofrer e estudar para muitas provas e muitos exames; além disso, o caminho seguia sempre bordejando aquele outro mundo mais escuro e às vezes nele penetrava, não sendo de todo impossível que nele alguém permanecesse e sumisse em suas sombras proibidas. Havia histórias assim, de filhos transviados, que eu lia com verdadeira paixão. O que nelas mais se louvava, o que redimia toda a culpa, era o retorno ao lar paterno, ao bem, e me certificava de que essa era a única atitude legítima, boa e desejável; não obstante, atraía-me muito mais a parte da história que se desenrolava entre as gentes perversas e a conduta dos perdidos e, se isso fosse possível, ter-me-ia confessado que, às vezes, era uma verdadeira lástima que o filho pródigo se arrependesse e voltasse para casa. Mas isso não se podia dizer, nem mesmo em pensamento. Não era em mim mais do que um vago sentimento, oculto no mais íntimo de meu ser, algo assim como uma suspeita ou uma obscura possibilidade. Quando pensava no Diabo, podia imaginá-lo a andar pelas ruas, mascarado ou com a face descoberta, no mercado ou nas tabernas, mas nunca em nossa casa.

Minhas irmãs pertenciam igualmente ao mundo luminoso. A mim parecia que suas afinidades com nossos pais eram ainda maiores que as minhas. Eram melhores, mais judiciosas e perfeitas do que eu. Tinham seus pequenos defeitos, suas manhas; mas, a meu ver, tudo aquilo era superficial, nelas não se aprofundava tanto quanto em mim. Eu me considerava muito mais próximo do mundo obscuro, e o contato com o mal se fazia sentir em mim muitas vezes por uma dolorosa angústia.

Para com as irmãs dever-se-ia ter o mesmo respeito e atenção que se dedicava aos pais, e quando se brigava com elas, a gente sentia, pouco depois, na própria consciência, ter sido o culpado, o promotor da discórdia, e que devia pedir-lhes perdão, pois ofendendo as irmãs se ofendia aos pais, ofendia-se ao bem e à autoridade espiritual. Havia segredos que eu podia compartilhar com os moleques mais despudorados da rua, mas não com minhas irmãs. Nos bons tempos, quando tudo era lúcido e a consciência repousava tranquila e limpa, era delicioso brincar em sua companhia, ser bom e judicioso com elas e sentir-se envolto em um nobre e plácido esplendor. Assim deviam sentir-se os anjos, nos quais víamos a perfeição suprema, imaginando a doce maravilha de ser anjos, rodeados de músicas e odores suaves, como os que emanam do Natal e da felicidade. Mas aqueles dias, aquelas horas, eram *mui* pouco frequentes. Nos brinquedos com minhas irmãs, naquelas brincadeiras boas, inocentes e permitidas, eu mostrava não raro um arrebatamento impetuoso que aborrecia minhas companheiras e nos levava à discórdia e à desgraça, quando então a cólera se apoderava de mim, fazia e dizia coisas terríveis, cuja maldade sentia à medida que as ia fazendo ou dizendo. Logo seguiam-se horas difíceis e sombrias de arrependimento e contrição e o instante doloroso de pedir desculpas. Por fim, o raio de luz voltava-me, uma alegria aprazível, patente e sem discórdias, que durava, algumas vezes, longas horas e outras, só breves minutos.

Eu frequentava, àquela época, a escola particular. O filho do prefeito e do chefe da guarda florestal – garotos impetuosos e travessos, mas pertencentes ao mundo bom e permitido – eram meus colegas de classe e vez por outra vinham a minha casa. Embora não olhássemos com simpatia os alunos da escola pública, eu me dava com alguns meninos da vizinhança que a frequentavam. É com um desses garotos que vou começar minha narração propriamente dita:

Uma tarde em que não houve aula – eu devia contar pouco mais de dez anos –, estava passeando com dois garotos meus vizinhos, quando outro se aproximou de nós, mais velho, um rapazinho dos seus 13 anos, corpulento e grosseiro, filho de um alfaiate e aluno da escola pública. O pai era um beberrão contumaz e toda a família não desfrutava de boa reputação. Eu sabia muito bem que espécie de gente era aquele Franz Kromer: tinha-lhe certo medo e não me agradou nada vê-lo aproximar-se de nós. Afetava uns ares de homem feito e imitava o andar e a linguagem dos aprendizes das fábricas. Guiados por ele, descemos até a margem do rio, junto à ponte, e nos ocultamos dos olhares do mundo entrando embaixo da primeira arcada. A pequena faixa de terra entre o arranque do arco e o preguiçoso fluir da corrente era utilizada como depósito de lixo e se mostrava coberta de escombros, trastes velhos, rolos de arame oxidado e outros despojos. Às vezes, entre aqueles detritos, encontravam-se coisas aproveitáveis. Kromer instruiu-nos para que revistássemos o lixo, e assim procedemos, mostrando-lhe tudo que íamos encontrando; ele guardava nos bolsos o quanto lhe interessava e o resto atirava n'água. Interessava-lhe especialmente o que fosse de chumbo, cobre ou zinco, e guardou também um velho pente de chifre, que um de nós encontrara. Eu me sentia bastante constrangido em sua companhia, não porque soubesse que meus pais haveriam de proibir-me terminantemente quaisquer relações com ele, tão logo tivessem conhecimento daquele primeiro encontro, mas, principalmente, porque a pessoa de Franz me inspirava receio. Até então, mostrava-me alegre por não fazer comigo diferença alguma, tratando-me como aos outros dois meninos. Mandava e nós o obedecíamos, como se isso fosse um hábito antigo ou alguma obrigação, embora fosse aquela, de minha parte, a primeira vez que o acompanhava.

Por fim, sentamo-nos no chão. Franz Kromer começou a cuspir em direção à água com ares de superioridade; cuspia por entre os dentes e podia lançar a saliva onde quisesse. Logo nos pusemos a conversar, e os outros dois garotos começaram a vangloriar-se de toda a sorte de travessuras e maldades; ambos se haviam afastado de mim desde o primeiro instante e prestavam homenagens a Kromer. Eu me sentia isolado e percebia que minhas roupas e maneiras os predispunham contra mim. Filho de família burguesa e aluno de colégio particular, não podia esperar que Franz Kromer me olhasse com simpatia, e estava certo de que os outros dois me renegariam se lhes apresentasse a ocasião, deixando-me abandonado no perigo.

Impulsionado pelo medo, comecei eu também a contar vantagens. Inventei uma fantástica história de estripolias, na qual me reservei o papel de protagonista: com o auxílio de outro moleque, havia roubado, certa noite, num pomar próximo do moinho de baixo, um saco de maçãs cheio até a borda; mas não eram maçãs comuns, mas das melhores, de fina qualidade. Fugindo dos perigos do momento, buscava refúgio em minha fantasia, pois não me faltava certa facilidade para inventar e dizer; além disso, o desejo de prolongar ao máximo meu relato para não encontrar-me novamente na temida situação anterior, ou noutra ainda pior, me levou a recorrer a toda a aptidão que tinha. Um de nós – continuei – havia permanecido à espreita, enquanto eu subira à árvore e atirara as maçãs para baixo, de modo que o saco, cheio até a boca, ficou tão pesado que tivemos de tornar a abri-lo e deixar no chão metade das maçãs. Mas voltamos para buscá-las meia hora depois.

Ao terminar o relato, esperava ouvir ou ver qualquer sinal de aprovação. Acabara por entusiasmar-me com minha mentira, deixando-me arrastar pela imaginação. Mas os dois pequenos permaneceram imóveis e calados, aguardando a manifestação de Kromer, que se pôs a olhar-me de maneira inquiridora e me perguntou, afinal, com um tom de ameaça:

– Isso tudo é verdade?

– Claro que é! – respondi-lhe.

– Verdade mesmo?

– A pura verdade! – insisti, obstinado, embora estivesse quase morto de medo.

– Você jura?

Aquilo me angustiou ainda mais. Porém, respondi imediatamente que sim.

– Então, diga: juro por Deus e pela salvação de minha alma.

– ...por Deus e pela salvação de minha alma... – repeti.

– Muito bem – disse ele, e se voltou para outro lado.

Com isso, imaginei conjurado todo o perigo. Respirei, pois, de alívio. Kromer levantou-se e propôs que voltássemos. Quando chegamos ao alto da ponte, procurei despedir-me timidamente deles, pretextando ter de regressar para casa.

– Não precisa ter tanta pressa – riu Franz. – Vamos todos pelo mesmo caminho.

Não me atrevi a separar-me deles. Kromer continuou a andar devagar e, pelo visto, em direção a minha casa. Quando cheguei à porta e vi a grossa aldrava de cobre, o sol refletindo nas vidraças e as cortinas do quarto de meus pais, respirei profundamente. O retorno! O bendito regresso à casa, à claridade e ao sossego!

Abri rapidamente a porta, disposto a fechá-la logo atrás de mim; mas Franz Kromer me impediu e entrou comigo. No fresco e umbroso portal, que só recebia luz do pátio, aproximou-se de mim, tomou-me pelo braço e me disse em voz baixa:

– Não tenha tanta pressa assim.

Olhei para ele, assustado. Sua mão era uma argola de ferro em torno de meu braço. Imaginei o que desejaria de mim, que talvez quisesse me maltratar. Pensei que se gritasse com todas as minhas forças, possivelmente, alguém lá em cima me ouviria, vindo salvar-me do perigo. Mas não me atrevi a fazê-lo.

– Que é isso? – perguntei. – Que está fazendo?

– Nada, não. Só quero lhe fazer uma pergunta, sozinho. Os outros não precisam ouvir.

– Então, diz logo o que é... Estão me esperando lá em cima...

– Você sabe – continuou Kromer – quem é o dono do pomar que fica perto do moinho lá de baixo?

– Não sei... Acho que é o Müller.

Franz havia passado o braço por cima do meu e me apertava contra si, obrigando-me a fitá-lo bem de perto. Em seus olhos havia um brilho perverso; sorriu com malignidade e a face irradiava crueldade e domínio.

– Eu sei muito bem quem é. E sei que você roubou as maçãs de lá e que o dono prometeu dar 2 marcos a quem disser o nome do ladrão.

– Meu Deus! – exclamei. – Mas você não vai dizer que fui eu?

Senti que seria inútil apelar para seu cavalheirismo. Pertencia a outro mundo; para ele a traição não era um crime. A gente do "outro" não pensava como nós a respeito dessas coisas.

– Não vou contar? – riu Kromer. – Você acha que posso fabricar quantas moedas de 2 marcos eu quiser? Não, amiguinho; sou pobre, não tenho pai rico como você, e quando posso ganhar 2 marcos tenho que aproveitar a ocasião. Talvez ganhe até mais.

Soltou-me bruscamente. O portal de minha casa havia perdido aquela fragrância de paz e tranquilidade anterior.

papel de homem decidido e sem escrúpulos e agora tinha que enfrentar as consequências do engano.

Alegrou-me ser repreendido por entrar em casa com os sapatos molhados. Essa minúcia distraía a atenção de meu pai que não advertiu o pior. Suportei em silêncio suas palavras de censura sem poder apartar da mente meu segredo. Mas, nesse átimo, surgiu em meu ânimo um novo e estranho sentimento: era algo maligno e cortante, eriçado de pontas traidoras. Sentia-me superior a ele! Por um momento, senti certo desprezo por sua ignorância. A reprimenda por causa de meus sapatos molhados me pareceu sem sentido. "Se soubesse de tudo!", pensei, e me senti como um homicida que fosse julgado pelo furto de um pão. Era um sentimento ignóbil, mas muito intenso, e me ligava a minha culpa e a meu segredo mais fortemente do que tudo. "Enquanto me tratam como a uma criança", pensava, "Kromer vai denunciar-me à polícia e a tormenta se prepara para derramar-se sobre mim".

De todo esse episódio, ou melhor, da parte que venho relatando, aquele foi o momento principal e inesquecível. Foi a primeira falha que percebi na perfeição de meu pai, a primeira rachadura nos fundamentos sobre os quais descansara minha infância e que o homem tem que destruir para poder chegar a si mesmo. Desses acontecimentos, que ninguém percebe, é que se nutre a linha axial interna de nosso destino. A falha e a rachadura se fecham mais tarde; podem cicatrizar e cair no esquecimento; mas em nossa câmara secreta mais recôndita nunca cessam de sangrar.

Eu próprio me senti naquele instante aterrorizado diante daquele novo sentimento. Quisera ter-me atirado aos pés de meu pai e beijá-los para pedir-lhe perdão. Mas impossível é a retratação de alguma coisa essencial, e isso a criança sente e sabe tão bem quanto qualquer pessoa culta.

Experimentava a necessidade de pensar com calma sobre meu problema e buscar uma saída para o dia seguinte; mas nada pude fazer. Passei o resto da tarde entregue à tarefa de acostumar-me com o novo ambiente de meu quarto. O relógio grande, a mesa, a Bíblia e o espelho, as estantes cheias de livros e os quadros da parede pareciam dar-me as despedidas. Tive de presenciar, com o coração gelado, como se precipitava no passado e se desligava de mim todo aquele mundo, toda a minha existência anterior, ditosa e boa, ao passo que já me sentia preso dentro de outro universo obscuro e ignorado, com novas raízes que me aderiam a ele e absorviam sua seiva venenosa. Pela primeira vez, saboreei a morte. Tinha um gosto amargo. Pois a morte é nascimento, é angústia e medo ante uma renovação aterradora.

Por fim, chegou a hora de deitar-me. Mas antes tive que passar por outra dura prova, como um último fogo do purgatório: as preces noturnas, em que se cantou um dos hinos que mais me agradavam. Impossível unir a minha voz às demais; cada nota era para mim fel ou veneno. Quando meu pai começou a pronunciar a ação de graças, meus lábios emudeceram; e quando terminou com a frase: "...não retireis de nós a vossa bênção", notei, com brusco sobressalto, que algo me afastava da comunidade familiar. A graça de Deus estava com todos eles, mas se havia ausentado de mim. Aterrado e fatigadíssimo, subi para meu quarto.

Já deitado, quando a frouxa segurança do lar começava a envolver-me carinhosamente, meu coração retornou à angústia, errando temeroso em redor do passado. Minha mãe viera, como sempre, dar-me boa-noite; seus passos ainda ressoavam em meu quarto e o clarão da vela filtrava-se pela fresta da porta. "Vai voltar", pensei. "Percebeu que alguma coisa me aconteceu e vai voltar. Beijar-me-á e me fará perguntas num tom cheio de bondade e de promessas; e então poderei chorar. Desfar-se-á o nó que me sufoca a garganta. Eu me abraçarei com ela, contar-lhe-ei tudo e aí estará minha salvação."

E quando a luz se afastou e já nenhum reflexo se filtrava pela fresta da porta, ainda continuei por um instante alerta.

Depois tive que voltar à realidade e mentalmente fitei meu inimigo face a face. Piscou um olho, soltou sua habitual e grosseira risada. Enquanto o fitava e devorava em mim o inevitável, ele ia se tornando cada vez mais dominante e repulsivo; seus olhos lançavam faíscas diabólicas. Permaneceu a meu lado até que adormeci. Apesar de tudo, não sonhei com ele imediatamente, nem com ele nem com os incidentes do dia. Sonhei que meus pais, minhas irmãs e eu íamos numa excursão, de lancha, em meio à tranquilidade e à lucidez de um belo dia de férias. À meia-noite despertei: saboreava ainda o sonhado bem-estar e via refulgir ao sol os alvos vestidos de minhas irmãs. E me precipitei daquele paraíso novamente no abismo e me encontrei mais uma vez diante de meu inimigo e de seu olhar maligno.

Na manhã seguinte, minha mãe acorreu, apressada, dizendo que já era tarde e perguntando-me por que não levantara ainda. Notou minha fisionomia contrafeita, e ao perguntar-me se me sentia mal, vomitei.

Dessa maneira, pareceu-me obter alguma vantagem. Gostei de estar um pouco enfermo e de poder passar a manhã inteira de cama, após tomar um suco de fruta, ouvindo minha mãe arrumar os aposentos contíguos e a criada conversar, lá fora, no portão, com o moço do açougue. A manhã sem colégio, em dia útil, era algo mágico e lendário: o sol entrava logo em meu quarto, mas não era o mesmo sol que obrigava o professor a fechar as cortinas verdes na sala de aula. Porém, tampouco tinha para mim o bom sabor de outras vezes. Soava também com um timbre falso.

Ah, e se morresse!... Mas eu estava apenas um pouco indisposto, como de outras vezes, e isso nada adiantaria. Poderia livrar-me do colégio mas não de Kromer, que me esperava às 11 horas no mercado. Naquela ocasião, a carinhosa solicitude de minha mãe não me trouxe nenhum alívio; me compungia, me fazia sofrer mais. Fingi dormir e meditei. Não havia escapatória: às 11 horas tinha que estar no mercado. Uma hora antes, abandonei a cama e disse que já me sentia novamente bem. Como de costume, fizeram-me escolher entre continuar descansando ou ir ao colégio após o almoço. Preferi ir ao colégio na parte da tarde. Isso fazia parte do plano que havia traçado.

Não podia apresentar-me diante de Kromer sem dinheiro. Era forçoso apoderar-me do cofre. Sabia que não encerrava, nem de longe, dinheiro suficiente para tirar-me do apuro; mas o pouco que continha já bastava, e um vago pressentimento me aconselhava a levar em conta que, em todo caso, algo valia mais do que nada e que devia tentar amansar Kromer a todo custo.

Dominado pelo temor e pela angústia, deslizei descalço pelo quarto de minha mãe e tirei o cofre de dentro de uma gaveta da escrivaninha. Apesar do medo e da angústia, o tormento que me atazanava era menos doloroso que o da véspera. As palpitações que sentia aceleraram seu ritmo violento até quase asfixiar-me, quando cheguei ao pé da escada e percebi que o cofre estava fechado. Não foi difícil forçar a fechadura; bastou arrancar uma dobradiça de lata; mas aquela violência me afligiu gravemente. Com ela, acabara de cometer um roubo. Até então, o máximo que fizera fora subtrair dissimuladamente algum tablete de açúcar ou alguma fruta; mas, a partir daquele momento, era autor de um roubo com arrombamento, embora o dinheiro fosse meu. Senti que me havia aproximado um pouco mais de Kromer e de seu mundo, que resvalava cada vez mais encosta abaixo, e abandonei qualquer resistência. Agora, que o diabo me levasse; já era tarde para voltar atrás! Contei com temor as moedas. O dinheiro que havia soado antes, dentro do cofre, como abundante, agora, na mão, não passava de uma quantia irrisória: 65 centavos. Escondi o cofre no andar de baixo, agarrei o dinheiro na mão e saí de casa, transpassando o umbral como se fora outro ser muito diverso daquele que sempre o atravessava. Até me pareceu ouvir alguém chamar-me lá de cima. E tive pressa em sair.

Havia tempo de sobra, entretanto. Dei voltas pelas ruas de uma cidade que me pareceu transformada, sob nuvens de formas nunca vistas, entre casas que pareciam ter olhos, cruzando com pessoas que me olhavam com um ar de suspeita. Lembrei-me de que um colega de turma encontrara, certa vez, 5 marcos no chão, na feira de gado. Quisera ter forças para rezar e pedir ao Todo-Poderoso que me concedesse o milagre e me salvasse com um achado semelhante. Mas que direito tinha de rezar e de pedir? E, além de tudo, havia algo irremediável: o cofre fora violado e violado ficaria para sempre.

Kromer viu-me desde longe, mas fingiu não se aperceber de minha chegada e custou a se aproximar de mim. Quando estava próximo, ordenou-me com um gesto que o seguisse e continuou andando devagar, sem se voltar uma só vez para trás. Já quase ao fim da rua, junto às últimas casas, deteve-se diante de uma obra. Há muito que estava paralisada, e as paredes se erguiam mostrando os buracos desnudos, sem portas nem janelas.

Kromer deu uma olhadela em derredor e penetrou na obra. Eu o segui. Colado à parede, fez-me sinal para que me aproximasse e me estendeu a mão.

– Trouxe o negócio? – perguntou com frieza

Tirei do bolso a mão em que agarrava o dinheiro e fui deixando cair as moedas em sua mão espalmada. Antes de haver soado a última, já Kromer calculara a quantia.

– Sessenta e cinco centavos – disse, lançando-me um de seus olhares.

– É – respondi, timidamente. – É tudo o que tenho. Sei que é muito pouco, mas não tenho mais.

– Pensei que fosse mais esperto – disse, num tom de reprovação quase benigno. – Entre gente grande os tratos têm que ser mais sérios. Não quero nada além do combinado. Guarde essa ninharia! O outro, sabe quem, não vai regatear o prometido. Ele paga o que promete...

– Mas isso é tudo o que tenho, estou dizendo a verdade! São todas as minhas economias.

– Não tenho nada com isso. Seja como for, não quero causar-lhe mal... Fica devendo um 1,35 marco. Quando é que vai trazer?

– Eu trago, Kromer, pode estar certo. Não lhe posso dizer quando exatamente. Talvez amanhã ou depois... Você sabe que não posso dizer nada a meu pai.

– Isso é com você. Enfim, já disse que não quero causar-lhe mal. Veja só: já podia ter meu dinheiro antes do meio-dia... Afinal, sou pobre. Você, ao contrário, vive bem-vestido e daqui a pouco vai comer decerto melhor do que eu. Por enquanto não direi nada. Vou esperar um pouco. Amanhã, de tarde, vou assoviar junto a sua casa, e quando você ouvir me trará o dinheiro que falta. Conhece meu assovio, não é?

Modulou com todo esmero o sinal, já por mim ouvido em outras vezes.

– Sim, conheço – respondi.

Foi-se embora como se nada tivesse a ver comigo, como se eu não fosse um dos seus. Entre nós não havia mais do que um negócio.

CREIO QUE MESMO hoje me assustaria o assovio de Kromer se o voltasse a ouvir, de repente. A partir daquele momento, ouvi-o muitas vezes; me parecia estar ouvindo-o a cada instante. Onde quer que estivesse – brincando, estudando ou simplesmente pensando –, aquele assovio penetrava em mim e me fazia escravo: era meu destino. Por aquela época, costumava passar longo tempo em nosso pequeno jardim; adorava as serenas tardes de outono, tão coloridas, e não sei que estranha força me levava a relembrar brincadeiras de épocas passadas de minha infância; eu brincava, por assim dizer, de criança mais nova do que realmente era, ainda pura, não cativa das coisas malignas, cândida, amparada pelo bem. Mas em meio a meus brinquedos, o assovio de Kromer, sempre esperado e sempre igualmente temido e importunador, ressoava, vindo de alguma parte, e destruía minhas imaginações. Então, tinha de deixar a casa e meus brinquedos, seguir meu verdugo a lugares isolados e repugnantes, dar-lhe conta de meus atos e ouvir ameaçadores pedidos de dinheiro. Não sei quanto tempo aquilo durou: talvez algumas semanas; para mim, pareceram anos, toda uma eternidade. Pouquíssimas vezes conseguia levar-lhe dinheiro – alguma moeda de 5 centavos, furtada da mesa da cozinha quando Lina deixava sobre ela o troco ao lado da cesta de compras; Kromer me repreendia e me amargurava com seu desprezo; afirmava que eu pretendia defraudá-lo e privá-lo do direito àquele dinheiro; eu é que lhe tomava o que era seu, eu era o culpado de sua desgraça. Em muito poucas vezes na vida, o infortúnio chegou tão próximo de meu coração, e nunca mais voltei a sentir um desespero e uma escravidão maiores.

Depois de encher o cofre com fichas, voltei a colocá-lo no primitivo lugar. Ninguém me perguntou por ele. Mas também aquilo poderia cair sobre mim a qualquer tempo. Mais do que o brutal assovio de Kromer, temia, às vezes, minha mãe quando a via aproximar-se de mim em silêncio. Não viria, por acaso, perguntar-me alguma coisa a respeito do cofre e de seu conteúdo?

E como, quase sempre, chegasse a meu verdugo de mãos vazias, ele passou a atormentar-me e explorar-me de outra forma. Tive de trabalhar para ele. Os recados e as obrigações de que seu pai o encarregava, eu é que tinha de fazê-los. Obrigava-me, às vezes, a realizar algo difícil, como saltar durante dez minutos num pé só ou pregar rabo de papel em algum transeunte. E assim foi que, ao fim de algum tempo, acabei ficando doente de fato. Vomitava com frequência e sentia calafrios durante quase todo o dia. Ao contrário, à noite, revolvia na cama entre suores febris. Mamãe notava que algo estava se passando comigo; queria extremar seu amoroso interesse, mas isso só me servia de tortura, porque não podia corresponder a suas mostras de carinho, confiando-lhe um segredo tão odioso.

Uma noite, quando já estava deitado, mamãe me trouxe um pedaço de chocolate. Aquilo era como uma reminiscência de anos anteriores, quando, ao comportar-me bem durante o dia, recebia, antes de deitar-me, recompensa parecida. Àquela noite, mamãe chegou até meu leito e me estendeu o pedacinho de chocolate. Penetrado de dolorosa emoção, só consegui mover negativamente a cabeça. Mamãe perguntou o que tinha e me acariciou os cabelos. Só pude responder:

– Não, não quero que me dês nada!

Deixou o chocolate sobre a mesinha de cabeceira e saiu do quarto. No dia seguinte, como me perguntasse novamente sobre o caso, fiz como se não soubesse do que se tratava. Depois trouxe um médico para ver-me. Ele auscultou-me e disse à minha mãe que umas abluções frias me fariam bem pela manhã.

Durante aquela época, meu estado de saúde foi como uma espécie de demência. Em meio à ordenada paz de nossa casa, eu vivia esquivo e torturado como um espectro; não tomava parte na vida dos demais, e só excepcionalmente conseguia esquecer durante uma hora o pesadelo. Mostrei-me igualmente impenetrável e frio com meu pai, que, por mais de uma vez, excitado, me dirigiu perguntas.

## 2
## O sinal de Caim

O fim daquele suplício e a minha salvação me chegaram de onde menos esperava, e com isso entrou em minha vida algo novo, algo que até hoje continua atuando sobre mim.

Pouco tempo antes, ingressara no colégio um novo aluno. Era filho de uma viúva de posses, que transferira residência para nossa cidade, e o jovem trazia ainda em torno do braço uma tarja negra de luto. Era alguns anos mais velho do que eu e frequentava uma classe superior, mas atraiu tanto meu interesse como o dos demais condiscípulos. Um jovem estranho; parecia muito mais velho do que na realidade era; a ninguém dava a impressão de ser um garoto. Entre nós, crianças ainda, movia-se isolado e seguro como os homens feitos. Não se fazia popular, não tomava parte em nossas brincadeiras e muito menos em nossas disputas. A única coisa que o tornava simpático aos olhos de todos era a maneira decidida com que respondia aos professores, o que demonstrava confiança em si mesmo. Chamava-se Max Demian.

Certo dia, houve necessidade de juntarem duas turmas em minha sala de aula, que era das mais amplas. Não era a primeira vez que isso ocorria. E aquela outra turma foi exatamente a do curso de Demian. Naquele dia, nós, da classe inferior, tínhamos aula de história sagrada, enquanto os outros, os maiores, deviam fazer um exercício de redação. Durante a explicação do professor, que versava sobre a história de Caim e Abel, olhei muitas vezes para o lado de Demian, cuja fisionomia suscitava particularmente minha atenção. Seu semblante refletia inteligência, claridade e firmeza, e ele se inclinava sobre o trabalho com a expressão luminosa e concentrada. Não parecia um estudante desenvolvendo um tema proposto, mas um investigador procurando soluções para problemas capitais. Não podia dizer que Max Demian me parecesse simpático; ao contrário, dava-me a impressão de ser frio, um tanto orgulhoso e demasiadamente seguro do próprio valor; eu sentia que seus olhos já viam as coisas como os olhos de um adulto, com aquela expressão um tanto melancólica, sulcada de relâmpagos de ironia, que nunca se encontra nas crianças. A verdade é que, me fosse ou não simpático, não conseguia deixar de fitá-lo constantemente; mas, assim que ele voltava a vista para mim, eu baixava os olhos, assustado. Hoje, evocando o Demian de nosso tempo de estudante, comprovo que ele era totalmente diverso de todos nós e possuía uma marca pessoal e singularíssima que nos fascinava; no entanto, recordo-me também que fazia tudo para que aquela personalidade passasse inadvertida; geralmente, comportava-se como um príncipe disfarçado que, se achando entre jovens camponios, esforça-se por se assemelhar a eles.

Naquele dia, quando acabaram as aulas, veio andando atrás de mim, e logo que perdemos de vista os demais, passou por mim e cumprimentou-me. Seu cumprimento, correto e urbano, era também o de um homem maduro, muito embora Demian tentasse imitar nosso estilo estudantil.

– Posso acompanhar-te por um instante? – perguntou com afabilidade.

Envaidecido, acedi. Imediatamente, descrevi-lhe o lugar em que morava.

– Ah! Moras naquela casa? – perguntou, sorrindo. – Eu sei qual é. Na soleira da porta existe algo estranho que me chamou a atenção quando o descobri.

A princípio, não me dei conta do que fosse, e me surpreendeu que Max parecesse conhecer minha casa melhor do que eu. Logo me acordei que a pedra central do arco da entrada ostentava uma espécie de escudo, meio apagado pela ação do tempo e em razão das várias camadas de pintura que lhe haviam sido aplicadas. Ao que me constava, nada tinha a ver conosco nem com nossos antepassados.

– Não sei o que representa – disse com timidez. – Parece um pássaro ou algo semelhante... Deve ser coisa muito antiga. Dizem que a casa pertenceu outrora a uma congregação religiosa.

– É bem possível – volveu Demian. – Seja como for, estuda-o bem. Essas coisas costumam ser, às vezes, muito interessantes. Trata-se de uma ave, realmente: creio que um gavião.

Continuamos a andar um bom pedaço em silêncio. Comecei a sentir já certo constrangimento e turbação, quando Demian se pôs a rir de repente, como se recordasse de algo hilariante.

– Qual foi a lição de hoje? – perguntou, animadamente. – A história de Caim que tinha um sinal na face, não foi? Gostaste da história?

Não; a verdade era que poucas vezes me agradava alguma das coisas que tínhamos de estudar. Mas não me atrevi a dizê-lo, pois me parecia estar falando com uma pessoa circunspecta. Respondi-lhe que a história me havia agradado bastante.

Demian deu-me uma palmada amistosa.

– Meu caro, comigo não precisas fingir... Mas não resta dúvida de que é uma história um bocado curiosa; a meu ver, muito mais interessante do que a maioria das que nos ensinam. Embora, diga-se logo, o professor não falou lá grande coisa sobre o assunto. Nada mais do que o habitual sobre Deus, o pecado etc. Apesar de tudo, me parece que...

Interrompeu para dizer-me com um sorriso:

– Não sei se te interessam essas questões...

Logo continuou:

– Creio que essa história de Caim também pode ser interpretada de outra maneira, de um modo completamente diferente. A maioria das coisas que nos explicam no colégio é, sem dúvida, verdadeira, mas também pode ser considerada de um ponto de vista distinto daquele dos professores, e então passa a apresentar quase sempre um significado muito mais amplo. Por exemplo: essa história de Caim, o homem que tinha um sinal na fronte, não poderia nunca satisfazer-nos tal como nos é ensinada. Não achas?... Um homem que se distanciasse furiosamente de seu irmão, a ponto de matá-lo, é algo que se ajusta dentro do possível; como também o fato de haver sentido medo em seguida e se humilhado. Mas que sua covardia seja premiada com uma distinção que o ampara e inspira medo a todos os demais... isso já é francamente estranho.

– Tens razão – respondi, interessado: a coisa começava a intrigar-me. – Mas que outra explicação pode haver para isso?

Meu novo amigo deu-me outra palmada no ombro.

– Nada mais fácil. O que houve desde o princípio, e constituiu como que o ponto originário da história, foi o sinal. Havia um homem em cujo rosto era visível algo especial, algo que atemorizava os demais. Não se atreviam a tocá-lo e sentiam medo diante dele e de seus filhos. Mas, naturalmente, o sinal que aquele homem trazia na face não era material, não era, por exemplo, como o de um carimbo dos correios; as coisas não costumavam acontecer, na vida, de maneira tão rudimentar. Tratava-se possivelmente de algo talvez sinistro, apenas perceptível e graças a, digamos, um pouco mais de vivacidade e audácia no olhar. Aquele homem era poderoso e esparzia inquietude. Tinha um "sinal". As pessoas podiam explicar aquilo como quisessem. E sempre queremos aquilo que nos seja mais cômodo e que nos dê razão. Os filhos de Caim, marcados com o "sinal", atemorizavam os demais, e aquele sinal passou a ser explicado não como a distinção que realmente era, mas exatamente como o contrário. Passaram a dizer que os homens assim marcados eram pessoas suspeitas e ímpias, o que, na verdade, ocorria. Pois os homens corajosos, as pessoas de caráter, sempre inquietaram os demais. Tornava-se, portanto, francamente incômoda a existência de uma raça especial de homens sem medo e capazes de infundir medo aos demais, e então lhes atribuíram um apodo e uma lenda amarga para se vingarem daquela raça e justificarem de certo modo os temores sofridos... Entendes?

– Acho que sim... Mas, nesse caso, Caim não era mau e toda a narração da Bíblia está errada.

– Está e não está... Essas histórias da remota antiguidade são sempre em essência verdadeiras, mas nem sempre foram recolhidas e explicadas com toda a garantia de exatidão. Para resumir, minha opinião é que Caim era um homem honrado, e lhe arranjaram essa história porque o temiam. Tudo não passou de um rumor, como tantos outros que se contam por aí; mas a fábula tinha cunho de verdade no que diz respeito a Caim e seus filhos trazerem um sinal e se diferençarem dos demais homens...

Eu o escutava, estupefato.

– Queres dizer, então, que também a morte de Abel não foi verdade? – interroguei, intrigado.

– Olha, seguramente foi verdade. Um homem forte matou outro, mais fraco. Que esse fosse verdadeiramente seu irmão já é mais duvidoso. Bem, não importa: afinal de contas, todos os homens são irmãos. A crua realidade foi esta: o homem forte matou o mais fraco. Talvez tenha sido um feito heroico, talvez não. Seja como for, os outros homens fracos sentiram medo e se uniram em seus clamores contra o fratricida; mas quando lhes perguntavam por que não o prendiam ou o justiçavam, em vez de responderem "Porque somos uns covardes!", respondiam: "Impossível! Ele tem um sinal! Está marcado por Deus." A lenda deve ter-se originado assim. Mas estou tomando demasiadamente teu tempo. Até a vista.

E, sem mais, dobrou a esquina da rua, deixando-me a sós e completamente atônito. Mal se afastou de minha vista, começou a parecer-me inadmissível tudo o que me estivera dizendo. Caim, um homem valente... e Abel um covarde! O sinal de Caim uma distinção! Era um sacrilégio e, além disso, um absurdo. E o Criador, que papel representava, então? Não dera por acaso boa acolhida aos sacrifícios de Abel? Não os queria? Quanta tolice! Comecei a imaginar que Demian quisesse divertir-se comigo. Era um rapaz às direitas e se expressava bem; mas sua hipótese era de todo inaceitável.

Fosse como fosse, eu nunca havia meditado tanto sobre qualquer outra história, bíblica ou profana. Nem ficara nunca tanto tempo sem me lembrar de Kromer: uma tarde inteira! Chegando em casa, li mais uma vez a história tal qual a narra a Bíblia. Era um relato claro e conciso: pareceu-me uma loucura querer buscar nele uma interpretação rebuscada e misteriosa. Qualquer criminoso poderia então proclamar-se favorito de Deus! Não, o que Demian dizia não fazia sentido. E no entanto, ele conseguia expor a questão de maneira muito atrativa, com a mesma simplicidade com que se trata de algo natural e bem sabido. E que expressão tinham seus olhos enquanto dizia aquilo!

Todavia, em meu interior, havia algo que se recusava a aceitar de modo definitivo as opiniões de Demian. Eu vivia num mundo claro e pulcro, havia sido uma espécie de Abel e agora mergulhava profundamente no "outro mundo"; caíra muito baixo, certamente; mas não era, em última instância, tão culpado. Como se explicava? De súbito, veio-me à mente uma recordação que me cortou o fôlego por uns segundos. Naquela tarde em que começou o pior de meus infortúnios, me havia ocorrido aquilo mesmo com meu pai. Por um momento, fora como se eu penetrasse no mais íntimo de meu próprio pai, em sua prudência e em seu mundo luminoso e os desdenhasse. E eu, que já era Caim e levava a marca na fronte, imaginara, naquele instante exato, que o sinal não era um estigma infamante, mas antes um distintivo e que minha maldade e minha infelicidade me faziam superior a meu pai, superior aos homens bons e piedosos.

O que acabo de dizer não estava em mim, naquela época, como um pensamento claro; embora tenha vivenciado tudo isso em meio a um incêndio de sentimentos, de estranhos impulsos que me causavam muito mal e, contudo, me enchiam de orgulho.

Que coisas estranhas dissera Demian a respeito dos homens medrosos e dos temerários! Que curiosa a interpretação que dera ao sinal da face de Caim! Como brilhava seu olhar, seu estranho olhar de adulto, enquanto falava! De súbito, ocorreu-me uma ideia confusa: o próprio Demian não era, de certa forma, uma espécie de Caim, já que possuía aquele estranho poder no olhar? Por que ele defendia Caim daquela maneira? Não teria feito se não se sentisse igual a ele. Por que se referia tão ironicamente aos "demais", aos "medrosos", que eram precisamente os bons, os que agradavam a Jeová?

Foi inútil tecer mais considerações: as ideias não me levavam a conclusão alguma. Uma pedra tombara no poço, e esse poço era minha alma adolescente. Durante muito tempo, a história de Caim, o crime e o sinal foram a origem de todas as minhas tentativas de conhecimento, de todas as minhas dúvidas e críticas.

Notei que os outros colegas também se ocupavam muito de Demian. Muito embora não houvesse contado a ninguém nossa discussão sobre Caim, Demian parecia despertar o interesse dos demais. Pelo menos, o "novato" era razão de muitos cochichos e tema de conversações. Se pudesse recordar tudo o que dele se dizia, creio que cada comentário aportaria alguma luz sobre ele, cada um abriria porta para uma interpretação. Mas só conservo na memória uns poucos. Primeiro, comentou-se que a mãe de Demian era muito rica e que nem ela nem ele frequentavam a igreja. Não sei quem dizia saber de boa fonte que eram judeus, embora também pudessem ser maometanos e celebrar em segredo suas cerimônias religiosas. Além disso, contavam-se coisas extraordinárias sobre a força física de Max Demian.

Por exemplo, que havia humilhado espetacularmente ao mais valente da turma, por havê-lo chamado de covarde, quando Demian recusou acatar um desafio que o outro lhe fizera. Testemunhas oculares disseram que Demian apenas agarrara o rival pela nuca e apertara-o até ficar pálido e se render, retirando-se cabisbaixo e confuso. Contou-se que, durante vários dias, o rival não conseguira mexer os braços, e uma tarde chegou a correr o boato de que havia morrido. Tudo isso se afirmava, e muitos acreditaram durante alguns dias; tais acontecimentos provocaram agitação e perplexidade no ânimo de todos. Às vezes, ficavam sem falar de Max por algum tempo, mas nunca por muito tempo. Não tardavam a circular novos rumores; um deles foi que Max tinha relações íntimas com várias garotas e que "sabia tudo".

Meus problemas com Franz Kromer seguiam sua trajetória definida. Não podia livrar-me dele, pois, embora me deixasse em paz às vezes por dois ou três dias seguidos, eu sentia estar ininterruptamente acorrentado a sua tirania. Em meus sonhos era como minha sombra e me fazia sofrer com sua convivência obrigatória mais do que na própria realidade; minha imaginação onírica dava a Kromer meios de domínio superiores e minha escravidão era total. Acabei por viver nesses sonhos – sempre tive propensão a sonhar – mais do que na realidade, e aquelas sombras me roubaram energias e vida. Entre outros sonhos, recordo um muito frequente: Kromer me batia, cuspia em mim, ajoelhava-se sobre meu peito e me obrigava, com sua poderosa influência, a cometer graves delitos – e isso era o pior de tudo. O mais pavoroso desses sonhos de crimes, do qual despertei a ponto de enlouquecer, consistia na tentativa de assassinar meu próprio pai: Kromer afiava uma faca e me obrigava a empunhá-la; escondíamo-nos detrás das árvores de uma avenida e espreitávamos alguém que me era desconhecido. Um homem veio em nossa direção e Kromer apertou-me o braço, indicando-me que era a pessoa que eu teria de apunhalar; vi que era meu pai. Naquele momento, despertei.

Em meio a tudo aquilo, vez por outra pensava, todavia, no episódio de Caim e Abel; mas em Demian já pensava muito pouco. A segunda vez em que se aproximou de mim foi também, e de modo estranho, em um sonho. Sonhei outra vez que alguém me maltratava com violência; mas dessa vez quem se ajoelhava sobre mim era Demian em vez de Kromer. Bem, agora havia uma variante cuja novidade me causou profunda impressão: tudo o que padecera por causa de Kromer, com seu interminável cortejo de angustiosas torturas e vivas repulsas, vindo de Demian, me causava prazer e uma sensação em que se entreviam a alegria e o temor. Tive esse sonho duas vezes. Depois Kromer voltou a ocupar o lugar de costume.

Hoje não consigo distinguir precisamente o que vivi em sonhos e o que vivi na realidade. O certo é que minha detestável aventura com Franz seguiu adiante; não terminou quando, à força de pequenos furtos, consegui saldar a dívida de 2 marcos. Pois Kromer passou a saber daqueles furtos (sempre me perguntava onde conseguira o dinheiro) e me tinha mais seguro do que antes. Frequentemente, ameaçava dizer tudo a meu pai, e então o medo que tinha de que ele cumprisse a ameaça igualava meu pesar por não ter tratado eu mesmo de assim proceder desde o primeiro instante. Fosse como fosse e apesar da situação miserável em que me achava, eu não parava de lamentar tudo aquilo – pelo menos a todo instante – e às vezes achava que tinha de ser assim: sobre mim pesava uma fatalidade e era inútil resistir a ela.

É de se imaginar que meu estranho comportamento fizesse meus pais sofrerem bastante. Um espírito estranho havia se apoderado de mim. Cheguei a considerar-me incompatível com a comunidade familiar, tão íntima até então; a atmosfera do lar causava-me, às vezes, uma nostalgia infinita, como a de um paraíso perdido. Mamãe continuava tratando-me mais como um enfermo do que como perverso. Mas onde minha verdadeira situação melhor se refletia era na conduta de minhas irmãs para comigo. Tratavam-me com carinho, mas isso me tornava terrivelmente infeliz, pois deixava transparecer que me consideravam um possesso, mais digno de piedade que de censura, alguém que estivesse definitivamente possuído pelo mal. Percebia que, quando rezavam por mim, era agora de modo muito diverso do que antigamente, e eu sentia a inutilidade daquelas orações. Às vezes, experimentava peremptória necessidade de consolo, um desejo ardente de confessar todas as minhas culpas; mas pressentia que nem a meu pai nem a minha mãe poderia esclarecer e explicar tudo de maneira definitiva. Sabia que seria acolhido com amor, que se mostrariam propensos ao perdão, e mesmo compassivos; mas também que não me entenderiam por completo e que tudo o que havia ocorrido seria considerado uma série de extravios, quando era realmente pura fatalidade.

Muitos se recusarão a acreditar que uma criança de 11 anos incompletos possa sentir dessa maneira. Não é para esses que escrevo, mas para aqueles que conhecem melhor o ser humano. O adulto, que aprendeu a converter em conceitos uma parte de seu sentimento, menospreza tais conceitos na criança e termina por opinar que não existiram também os sentimentos que lhe deram origem. De minha parte, posso dizer que poucas vezes na vida vivi e padeci tão intensamente como naqueles tempos.

Em certa ocasião, meu verdugo ficou de se encontrar comigo na praça do castelo. Era um dia chuvoso. Enquanto esperava, ia removendo, com os pés, as folhas molhadas que caíam dos negros castanheiros copados. Eu não tinha dinheiro, mas para não me apresentar diante de Kromer com as mãos abanando, guardara para ele dois pedaços de torta. Já estava habituado a permanecer daquela maneira em algum canto, aguardando pacientemente a chegada de Kromer, e me resignava com isso, da mesma maneira como as pessoas se resignam diante do inevitável.

Por fim, chegou e esteve comigo pouco tempo. Deu-me duas palmadas nas costas, riu-se, apanhou os pedaços de torta, ofereceu-me um cigarro úmido, que recusei, e mostrou-se mais afável do que das outras vezes. Quando se dispunha a ir-se, disse:

– Ah! Ia me esquecendo! Que tal se da próxima vez você trouxer sua irmã, a mais velha! Como é o nome dela?

Sem chegar a compreender inteiramente, fiquei em silêncio e olhei-o com surpresa.

– Não me ouviu? Você tem que trazer sua irmã...

– Sim, mas não pode ser. Não devo fazer isso, e também ela não vai querer vir.

A princípio pensei que tão singular pedido não passasse de novo pretexto para torturar-me, pois Kromer começava quase sempre exigindo alguma coisa impossível e, depois de assustar-me e humilhar-me, acabava aceitando uma transação na qual eu tinha que pagar meu resgate com novas entregas de dinheiro ou de presentes.

Mas daquela vez sua atitude foi muito diferente. Minha negativa não pareceu irritá-lo.

– Está bem – disse, em tom ligeiro. – Você vai pensar nisso. Gostaria de conhecer sua irmã. Há de haver alguma oportunidade. Por exemplo, quando você sair com ela a passeio, eu posso fingir que encontrei com vocês por acaso. Amanhã nós falamos de novo sobre isso...

Assim que Kromer se foi, comecei a imaginar o que significava sua pretensão. Embora completamente infantil, sabia, por ouvir dizer, que os rapazes e as moças, quando já mais crescidos, podiam fazer entre si certas coisas misteriosas e proibidas. E agora eu tinha que... De súbito, percebi perfeitamente a atrocidade que Kromer pretendia e resolvi não me prestar a ela de maneira alguma. Mas logo entrevi como a vingança do Kromer desabaria sobre mim se o contrariasse.

Desolado, atravessei a porta deserta com as mãos metidas nos bolsos. Novos tormentos, nova escravidão!

De repente, ouvi uma voz fresca e grave pronunciar meu nome. Dispus-me a correr, impulsionado pelo medo. Alguém veio a meu encalço e me segurou sem violência. Era Demian.

Não tentei escapar.

– Eras tu? – perguntei indeciso. – Deste-me um susto e tanto!

Ele olhou-me fixamente. Mais do que nunca seu olhar me pareceu o de um homem, o de um ser sagaz e superior. Havia muito que não tínhamos ocasião de conversar.

– Lamento muito – respondeu, com seu tom peculiar, delicado e resoluto ao mesmo tempo. – Mas, escuta, não deves assustar-te dessa maneira.

– Às vezes não se pode reprimir.

– Imagino. Mas vê só: se te assustas dessa maneira diante de outro que não te tenha feito nada, a pessoa começará a pensar. Achará estranho e terá curiosidade. Pensará que és mais assustadiço do que o normal: só se é assim quando se tem medo. Os covardes têm sempre medo, mas não creio que sejas o que se chama um covarde. Como também não creio que sejas nenhum herói, naturalmente. Há coisas e pessoas que te causam medo. Isso, sim, é que não devia acontecer contigo: nunca se deve ter medo de homem algum. Penso que não tens medo de mim. Ou tens?

– Não, de ti não.

– Então, estás vendo. Mas há outros de quem tens medo?

– Não sei... Agora, dize-me o que queres de mim ou então me deixas.

Ele se manteve a meu lado – eu havia acelerado o passo com vontade de afastar-me – e senti seus olhos sobre mim.

– Deves acreditar que te aprecio – disse ele, insistindo. – E além de tudo, não tens motivo algum para fugires de mim. Gostaria muito de proceder a uma experiência contigo, muito divertida e que te ensinará algo de muita utilidade. Agora ouve-me! Vez por outra, só como tentativa, faço experiências para ver se consigo ler o pensamento dos outros. Isso não tem nada de magia, mas a quem não está no segredo causa um efeito muito curioso, e os que o presenciam sentem uma surpresa enorme. Agora vamos experimentá-lo. Já te disse que te aprecio, que me interesso por ti e agora desejaria saber o que se passa em teu interior. Com isso já dei o primeiro passo. Eu te assustei... tu tentaste fugir. Existem, pois, coisas e pessoas de quem tens medo. Por que será isso? De um modo geral, não se deve temer ninguém. Quando temos medo de alguém é porque demos a esse alguém algum poder sobre nós. Por exemplo: fiz alguma coisa indevida e o outro sabe, e por isso tem poder sobre mim. Compreendes como é? Bastante simples, não?

Olhei para ele sem saber o que fazer ou dizer. Sua face, como sempre, tinha uma expressão séria e inteligente e mesmo bondosa; contudo, estava também um tanto severa, sem nenhum sinal de ternura. Naquela face, podia-se ler a retidão ou algo semelhante. Eu não sabia o que se passava comigo: Demian se apresentava diante de mim como um feiticeiro.

– Compreendeste-me? – repetiu.

Dei a entender que sim, com um movimento de cabeça. Não conseguia sair de meu mutismo.

– Já te disse que a leitura do pensamento é de um efeito surpreendente. Contudo, se examinarmos bem, a coisa é bastante simples. Poderia dizer-te também o que pensaste a meu respeito depois de nossa conversa sobre Caim e Abel. Mas isso nada tem a ver com o de agora. É bem possível até que tenhas sonhado comigo alguma vez depois daquilo. Isso também não vem ao caso! Tu és um rapaz inteligente, os outros são tão lerdos! Agrada-me, vez por outra, poder conversar com algum jovem em quem possa confiar. Não achas?

– Sim, claro. Mas há algo que não entendo...

– Vamos voltar a nossa experiência! Já sabemos o seguinte: o jovem S. tem medo, é um rapaz assustadiço ou sente medo de alguém que provavelmente compartilha com ele algum segredo que lhe pesa gravemente. Estou indo bem?

Como no sonho, a voz de Demian e sua vigorosa influência se apoderaram de mim. Sua voz parecia brotar de mim. E saber tudo. Essa voz sabia tudo melhor e mais claramente do que eu?

Demian deu-me uma forte palmada no ombro.

– Creio que acertamos em cheio. Agora, só mais uma pergunta: sabes o nome do jovem que saiu quando eu ia chegando?

Um tremor apoderou-se de mim. Meu segredo, ao sentir-se tocado, estremeceu dolorosamente lá dentro, resistindo sair à luz.

– Que jovem? Não havia nenhum jovem, eu estava só.

Ele riu.

– Vamos lá! – disse, rindo-se. – Como se chama ele?

– Talvez te refiras a Franz Kromer – disse eu, com voz apagada.

Satisfeito, fez-me um sinal de aprovação.

– Bravo! És uma boa pessoa e creio que seremos amigos. Agora devo dizer-te uma coisa: esse Kromer, ou quem for, é um mau-caráter. A cara dele indica ser um tratante. Que achas?

– Sim – suspirei –, é terrível, é o próprio demônio! Mas ele não deve saber de nada disso, sim? Queira Deus que nada venha a saber! Tu o conheces? Ele te conhece?

– Não te preocupes! Ele não está por aqui, nem me conhece ainda. Eu sim é que gostaria de conhecê-lo. Ele frequenta a escola pública?

– Sim.

– Em que classe está?

– Na quinta. Mas, por favor, não lhe digas nada! Por favor, eu te peço!

– Fiques tranquilo, nada acontecerá contigo. Não queres me contar alguma coisa mais a respeito desse tal Kromer?

– Não, não posso! Deixa-me!

Ele calou-se por um instante.

– É pena – disse em seguida –, nossa experiência poderia continuar um pouco mais. Mas não quero causar-te lástima. Ainda assim, espero que estejas convencido de que esse medo que tens por Kromer não é nada bom. Quando o medo nos quer dominar, é necessário livrar-nos dele. Tens que livrar-te desse medo de qualquer maneira se queres ser um homem de verdade. Compreendes?

– Sim, tens toda a razão... mas é impossível. Tu não sabes...

– Viste que sei mais do que imaginavas. Deves-lhe algum dinheiro, por acaso?

– Sim, também... mas isso não é o mais importante! E não posso dizer-te, não posso!

– Mas eu poderia emprestar-te todo o dinheiro que lhe deves. Isso não seria difícil para mim.

– Não, impossível. E, por favor, não digas nada a ninguém sobre isso. Nem uma palavra! Eu te peço!

– Confia em mim, Sinclair. Talvez em outra ocasião melhor me contarás teus segredos...

– Não, nunca! – gritei com veemência.

– Está bem. Pensei que talvez te decidisses a contar-me alguma coisa mais. Voluntariamente, é claro. Ou, por acaso, pensaste que eu ia fazer o mesmo que Kromer?

– Oh! Não!... Mas ainda não sabes de nada...

– Absolutamente nada. Fico apenas imaginando o que poderá ser. Mas podes estar seguro de que jamais agirei igual a Kromer. Além disso, a mim não deves nada.

Durante algum tempo permanecemos calados. Eu ia ficando mais tranquilo. Porém, as averiguações de Demian me pareciam cada vez mais enigmáticas.

– Tenho que voltar para casa – disse ele, por fim, ajeitando o casaco sob a chuva. – Mas antes ainda queria dizer-te uma coisa, já que chegamos a esse ponto: tens que livrar-te desse indivíduo. Se não houver outro meio, então mata-o! Gostaria que o fizesses e te admiraria por isso. Talvez até te ajudasse.

Tornei a sentir medo. A história de Caim voltou de súbito à minha mente. Estremeci e comecei a chorar mansamente. Rondavam em meu redor coisas sinistras em demasia.

– Bem, basta – sorriu Max Demian. – Volta agora para casa. Daremos um jeito nisso. Embora o mais simples fosse matá-lo. E nessas coisas o mais simples é sempre o melhor. Não estás em boas mãos com teu amigo Kromer.

Voltei então para casa e senti como se estivesse ausente dela há um ano. Tudo parecia mudado. Entre mim e Kromer se erguia agora alguma coisa como um futuro, uma esperança. Eu já não estava só! Percebi, naquele instante, quão horrível fora minha existência durante aquelas semanas, a sós com meu segredo. E, ato contínuo, voltei a pensar naquilo que já me ocorrera tantas vezes antes: que uma confissão a meus pais me teria aliviado, mas não me redimido por completo. Agora estivera a ponto de confessar-me a outra pessoa, a um estranho, e um pressentimento de redenção me sobrevoava como um intenso perfume!

CONTUDO, MEUS TEMORES custaram muito ainda a desaparecer. Durante algum tempo, pareceu-me inevitável ter que enfrentar longas e terríveis discussões com meu inimigo. Minha surpresa foi por isso tanto maior ao ver que tudo se passava de modo silencioso, oculto e sereno.

O assovio de Kromer não soou perto de nossa casa durante todo um dia, dois, três, uma semana inteira. Não me atrevia a acreditar, e, em meu interior, ficava sempre à escuta, temeroso de que o assovio voltasse a soar de súbito, precisamente quando começasse a não mais o esperar. Mas passava o tempo e nada! Desconfiado de minha nova liberdade, não chegava a acreditar inteiramente nela. Até que, finalmente, um dia dei com Franz Kromer. Vinha rua abaixo, em direção contrária a minha. Ao ver-me, estremeceu, contraiu o rosto num ricto desagradável e deu meia-volta para não encontrar-se comigo.

Foi para mim um instante inefável! Meu inimigo fugindo de mim! Meu demônio temia-me! A surpresa e a alegria entraram tumultuosamente em mim.

Demian voltou a aparecer por aqueles dias. Esperava por mim diante da escola.

– Ora viva! – disse eu.

– Bom dia, Sinclair. Queria saber como vais. O Kromer agora te deixa em paz, não?

– Graças a ti, não foi? Mas como o conseguiste? Como foi? Não atino com o que aconteceu. Ele sumiu por completo.

– Isso me agrada. Se por acaso voltar a importunar-te, não creio que o faça, mas de semelhantes fanfarrões podemos esperar tudo, bastará que lhe digas para se lembrar de Demian.

– Mas como foi possível? Lutaste com ele e o venceste?

– Não, não me agradam tais coisas. Simplesmente falei com ele, como antes havia falado contigo, e consegui convencê-lo de que o melhor seria deixar-te em paz.

– Oh, por acaso não lhe deste dinheiro?

– Não, meu caro. Esse meio já havias tentado antes.

Desprendeu-se de mim, fugindo às perguntas com que eu o martelava, e sua estranha personalidade continuou inspirando-me os mesmos sentimentos confusos, mescla de gratidão e de receio, de admiração e temor, de simpatia e de íntima repulsa.

Tencionava voltar a vê-lo em breve e conversar novamente com ele a propósito de tudo aquilo e da história de Caim.

Tal não ocorreu.

A gratidão não é, em geral, uma virtude em que eu creia firmemente; seria um erro exigi-la de uma criança. Não me surpreende, pois, a quase total ingratidão que demonstrei, pouco tempo depois, em relação a Demian. Hoje em dia, penso que se Demian não me tivesse libertado das garras de Kromer, eu teria saído delas enfermo e corrompido para sempre. Já àquela época via nessa libertação o acontecimento de maior relevo de minha jovem existência – ao passo que o libertador, abandonei-o mal se realizou o milagre.

Repito que essa ingratidão não me parece estranha. O estranho foi a falta de curiosidade que demonstrei naquela ocasião. Como pude continuar a viver um dia que fosse sem me aproximar dos mistérios com que Demian me havia posto em contato? Como pude refrear o desejo de ouvir algo mais sobre Caim, sobre Kromer e a arte de ler pensamentos?

É difícil de explicar, mas a verdade é que foi assim. Vi-me de repente livre das redes infernais que me aprisionavam, vi diante de mim novamente o mundo claro e risonho, e deixei de sentir os acessos de terror e as palpitações que me afogavam. O malefício havia sido conjurado, e eu não era mais um réu submetido a infinitas torturas, mas novamente um simples colegial, como de hábito. Minha natureza procurou recobrar o equilíbrio e a serenidade o mais rapidamente possível, e para consegui-lo esforçou-se principalmente por afastar de si tudo quanto fosse ameaçador e repulsivo, esquecendo-o. Toda a longa história de minha culpa apagou-se de minha memória com admirável rapidez, sem aparentemente nela deixar cicatrizes ou quaisquer vestígios.

Também compreendo hoje que procurasse esquecer igualmente e com a mesma rapidez meu salvador. Ao abandonar o vale de lágrimas de minha condenação e escapar ao terrível jugo de Kromer, fugi, com todos os instintos e com todas as forças de minha alma espedaçada, para refugiar-me ali onde antes me sentira contente e feliz; retornei ao paraíso perdido, que voltou a abrir-me suas portas; ao luminoso mundo paternal, às minhas irmãs, ao aroma da pureza, à bondade de Abel, agradável aos olhos de Deus.

Naquele mesmo dia de minha breve conversação com Demian, quando, por fim, fiquei plenamente convicto de haver reavido a liberdade, sem novas ameaças a temer, fiz o que tantas vezes e com tamanha ânsia havia desejado: confessei-me. Cheguei-me a minha mãe e mostrei-lhe o cofre, violado e cheio de fichas em lugar de moedas, e lhe contei como minhas culpas me haviam prendido, durante muito tempo, a um malvado que se comprazia em torturar-me. Minha mãe não chegou a compreender tudo; mas viu o cofre, viu meus olhos transtornados, minha voz alterada e sentiu que eu me havia curado e lhe fora devolvido.

Começou, então, para mim, invadido por elevados sentimentos, a festa de meu retorno ao lar, a volta do filho pródigo. Mamãe conduziu-me à presença de papai e tive de repetir-lhe a história, entre perguntas e exclamações de assombro. Meus pais me acariciaram e respiraram livremente depois de uma longa opressão. Tudo era maravilhoso, tudo acontecia como nas histórias, tudo acabava em dulcíssima harmonia.

Nessa harmonia refugiei-me apaixonadamente. Não me cansava de comprovar que obtivera a paz novamente e a confiança de meus pais; transformei-me num jovem modelar, apegado à casa, e na hora das orações entoava os velhos hinos queridos com toda a nova emoção de um convertido, do homem a quem acabam de perdoar todas as faltas.

E, contudo, essa não era a conduta que eu devia seguir. Aqui surge a única explicação verdadeira de minha ingratidão para com Max. Era *a ele* a quem eu devia ter-me confessado! Essa confissão, menos decorativa e comovedora, teria sido mais frutífera para mim. Mas eu me agarrava com todas as minhas raízes a meu antigo mundo paradisíaco, voltara para ele e havia sido recebido benignamente, e Demian não pertencia, de maneira alguma, a ele nem nele se encaixava. Embora, de maneira bem diversa, era, como Kromer, um corruptor; ele também me enredava no "outro mundo", no mundo perverso e sombrio, do qual não queria mais nada saber. Não podia nem queria abandonar Abel e contribuir para a glorificação de Caim, exatamente no momento em que eu próprio voltava a ser Abel.

Esse foi o processo exterior. O interior deve ter sido o seguinte: eu me salvara das mãos de Kromer e das do demônio, mas não pelo próprio esforço. Tentara caminhar pelos sendeiros do mundo e esses se mostraram demasiadamente inóspitos a mim. Resgatado por mão amiga, corri cegamente a me refugiar no regaço materno, no redil seguro de uma puerícia resignada e piedosa. Tornei-me ainda mais criança, mais pueril, mais dependente do que era. Liberto agora de Kromer, tinha que buscar alguém a quem submeter-me, mas não podia andar sozinho, e meu cego coração escolheu meus pais; escolheu "o mundo luminoso", o velho mundo querido, embora soubesse já que não era o único. Se assim não procedesse, teria que recorrer a Demian e nele confiar. Se o não fiz, não foi por justificada desconfiança diante de suas estranhas ideias, segundo imaginei então; foi simplesmente por medo. Pois Demian teria exigido de mim muito mais do que meus pais exigiram. Teria procurado fazer-me mais independente através do estímulo e da exortação, do escárnio e da ironia. Hoje sei muito bem que nada na vida repugna tanto ao homem do que seguir pelo caminho que o conduz a si mesmo.

Todavia, cerca de meio ano depois, não pude resistir à tentação de perguntar a meu pai, ao longo de um passeio, como podia haver gente que achava Caim melhor do que Abel.

Muito assombrado, explicou-me que aquela doutrina carecia de novidade. Surgira nos primeiros tempos do Cristianismo e fora sustentada por várias seitas, entre elas a dos cainitas. Naturalmente, a insensata teoria não passava de mais uma invenção do diabo para tentar a destruição de nossa fé, pois se déssemos razão a Caim, contrariamente a Abel, admitiríamos que Deus estaria errado, deixando, portanto, o Deus da Bíblia de ser o único e verdadeiro para tornar-se um falso deus. Os cainitas haviam pregado, efetivamente, algo semelhante; mas essa heresia já havia desaparecido há muito da humanidade, e meu pai estranhava que um colega meu de escola soubesse algo a esse respeito. De qualquer maneira, exortou-me seriamente a afastar de mim semelhantes ideias.

# 3
# O mau ladrão

Poderia contar muitas coisas belas, delicadas e amáveis de minha infância; falar da aprazível segurança paterna, do carinho infantil, da vida simples e fácil no ambiente caseiro luminoso e caro. Todavia, só me interessam os passos que tive de dar na vida para chegar a mim mesmo. Deixo resplandecer na distância todos os pontos de repouso, ilhas encantadas e paraísos, cujo sortilégio provei e aos quais não desejo voltar.

Ao evocar agora os anos de minha juventude falarei apenas daquelas coisas novas que vieram desraigar-me e impulsionar-me para a frente.

Tais impulsos partiam sempre do "mundo sombrio", trazendo sempre consigo o medo, a violência e o remorso, e eram sempre revolucionários e ameaçavam a paz em que eu gostaria de continuar a viver.

Vieram anos em que tive de descobrir de novo em mim um instinto primitivo, que ficara dissimulado e oculto no mundo luminoso e permitido. Como todos os homens, vislumbrei no frouxo alvorecer do sentimento do sexo a aparição de um inimigo e de um elemento destruidor, de algo proibido, de tentação e de pecado. Aquilo que minha curiosidade buscava, aquilo que inspirava meus sonhos e me infundia prazer e medo ao mesmo tempo, o grande mistério da puberdade, não entrosava com a segura bem-aventurança de minha paz infantil. Procedi como todos. Vivi a dupla vida de criança que já deixou de sê-lo. Minha consciência permanecia adstrita ao círculo familiar e lícito e negava o novo mundo nascente, enquanto eu vivia em meus sonhos, instintos e desejos subterrâneos, sobre os quais aquela vida consciente construía pontes cada vez mais inseguras, já que o mundo infantil ia desmoronando-se em mim. Como quase todos os pais, também os meus não auxiliaram o despertar dos instintos vitais, assunto sobre o qual nunca se falou em nossa casa. Auxiliaram apenas, com inesgotável atenção, minhas vãs tentativas de negar a realidade e continuar habitando um mundo infantil cada vez mais irreal e fictício. Não sei se os pais podem fazer a esse respeito alguma coisa, e nenhuma reprovação tenho para com os meus. Eu devia encontrar meu caminho por mim mesmo, tarefa que me foi tão difícil quanto à maioria dos jovens que receberam o que se costuma chamar de "uma boa educação".

Todos os homens vivem esses momentos difíceis. Para os de nível médio, este é o ponto da existência em que surge a maior oposição entre o avançar da própria vida e o mundo em derredor, o ponto em que se torna mais duro conquistar o caminho que conduz à frente. São muitos os que, unicamente essa vez, passam na vida por aquele morrer e renascer que é nosso destino, somente essa vez, quando tudo que chegamos a amar quer abandonar-nos e sentimos de repente em nós a solidão e o frio mortal dos espaços infinitos. E há muitos também que se embaraçam para sempre nesses obstáculos e permanecem a vida toda agarrados a um passado sem retorno, ao sonho do paraíso perdido, o pior e o mais assassino de todos os sonhos.

Mas voltemos a nossa história. As sensações e os sonhos em que a infância me anunciou seu término não são suficientemente importantes para ser contados aqui. O principal foi que o "mundo sombrio", "o outro", erguia-se novamente diante de mim. O que um dia fora Franz Kromer habitava-me agora. E com isso, o "mundo sombrio" voltou também, do exterior, a adquirir poder sobre mim.

Haviam passado já vários anos desde a aventura com Kromer. Aquela época dramática e culposa de minha vida já era para mim remota e parecia haver-se desvanecido como um rápido pesadelo. Franz Kromer já desaparecera há muito tempo de minha vida, e seu nome só me ocorria à mente quando por acaso o encontrava. Ao contrário, a outra figura principal de minha tragédia, Max Demian, não desaparecia nunca por completo de meu horizonte, embora permanecesse muito tempo distante dos limites, visível, mas, no entanto, inativo. Por fim, foi-se aproximando pouco a pouco, irradiando novamente energias e influências.

Tento recordar o que sei a respeito do Demian daquela época. Creio que durante todo um ano ou mais não falei com ele uma única vez. Evitava-o, e ele nada fazia para se aproximar. Quando nos encontrávamos, cumprimentava-me amistosamente, sem deter-se. Vez por outra pensei notar, em sua expressão amável, um quê sutil de sarcasmo ou de irônica censura, mas talvez não passasse de imaginação minha. A história que vivera com ele e a estranha influência que então exercia sobre mim pareciam ter sido esquecidas, tanto por ele quanto por mim mesmo.

Contudo, ao tentar agora evocar a figura de Demian vejo que sua presença aparece ligada a muitos momentos daquela época e percebo que me dava conta disso. Vejo-o indo a caminho do colégio, sozinho ou em meio a um grupo de alunos maiores, e recordo-o caminhando entre eles, silencioso, solitário e incógnito, como um astro rodeado de uma atmosfera própria e obediente a leis particulares. Ninguém gostava dele, ninguém tinha intimidade com ele, apenas a mãe; mas também suas relações com ela pareciam antes as de duas pessoas igualmente maduras do que as habituais de mãe e filho. Os professores importunavam-no o menos possível. Era bom aluno, mas não procurava ser agradável a ninguém, e de quando em quando chegava a nós o rumor de alguma frase sua, de algum comentário ou réplica feita por ele aos professores e que nada deixavam a desejar do ponto de vista da provocação e da ironia.

Fecho os olhos, recordando, e vejo surgir sua imagem. Onde foi? Ah! já me lembro. Foi na pequena aleia que ficava diante de nossa casa. Estava desenhando num caderninho o velho escudo entalhado sobre a soleira. O escudo do pássaro. Eu estava à janela, por detrás das cortinas, e via com profundo assombro o rosto dele atento, claro e frio, o rosto de um homem, de um pesquisador ou de um artista, superior e determinado, singularmente claro e frio, com olhos de quem sabia.

Novamente o vejo. Era em meio à tarde e na rua. Estávamos voltando do colégio e nos agrupamos em torno de um cavalo caído na rua. Preso ainda nos varais da carroça, jazia ao solo, respirando sôfrego e dolorido, com os olhos dilatados e sangrando por uma ferida invisível. A poeira branca da rua lentamente se emplastava de vermelho em um dos flancos. Quando voltei o olhar, afastando-o daquele espetáculo angustiante, meus olhos encontraram os de Demian. Ele não se havia aproximado e permanecia atrás de nós, isolado e livre como sempre. Seu olhar parecia fixado na cabeça do cavalo e mostrava de novo aquela atenção profunda, serena, quase fanática e, contudo, isenta de paixão. Permaneci longo tempo observando-o e senti então, embora longe de minha consciência, algo bastante singular. Vi o rosto de Demian e vi que já não era apenas o rosto de um rapaz, mas o de um homem feito; vi mais ainda: acreditei ver ou sentir que não era simplesmente o rosto de um homem, mas também algo distinto. Era como se nele houvesse também algo de um rosto de mulher, e além disso, por um momento, aquele rosto não me pareceu mais nem infantil nem viril, maduro ou jovem, mas de certa maneira milenário; de certo modo, alheio ao tempo, selado por idades diversas da que nós vivemos. Os animais conseguiam apresentar um aspecto semelhante, ou as árvores, as estrelas. Eu não sabia bem; não sentia exatamente àquela época o que agora descrevo, mas algo parecido. Tampouco soube a que ponto a figura de Demian me atraía ou me repelia. Só vi que era distinta da nossa, que era como um animal, como um espírito ou como uma gravura; mas o certo é que era diversa, inefavelmente diversa da de todos nós.

Nada mais me fala a recordação, e é mesmo possível que alguma parte do evocado provenha de impressões posteriores.

Apenas alguns anos mais tarde minhas relações com Demian voltaram a se estreitar. Demian não fora crismado como todos os demais alunos de sua turma, conforme era costume no colégio, e esse fato serviu para dar curso aos mais diversos rumores sobre ele. Voltou-se a falar no colégio que Demian era judeu ou, melhor, pagão, e outros afirmavam que tanto ele quanto a mãe negavam todas as religiões ou pertenciam a uma seita legendária e maldita. A esse propósito, creio ter ouvido expressarem também a suspeita de que Demian vivia com a mãe na qualidade de amante. O mais provável é que ela o viesse educando fora de qualquer credo, até o momento em que temeram fosse isso prejudicial para seu futuro. O caso é que a mãe só se decidiu a crismá-lo dois anos depois de seus companheiros, e foi por isso que começou a assistir comigo à instrução religiosa preparatória.

Durante algum tempo ainda me mantive afastado dele. Estava por demais aureolado de rumores e mistérios; mas o que verdadeiramente estorvava minha aproximação era a consciência de lhe dever um favor, consciência que perdurava em mim desde aquela aventura com Kromer. Além do mais, por aquela época, meus segredos já me mantinham por demais ocupado. Para mim, a época do ensino religioso preparatório para a crisma coincidiu com a do esclarecimento decisivo dos assuntos sexuais e, apesar de minha boa vontade, essa coincidência diminuiu muito meu interesse pelos temas piedosos. Os assuntos de que nos falava o professor de religião ficavam distantes de mim, em uma serena irrealidade sagrada; eram coisas muito belas e talvez muito preciosas, mas não atuais nem excitantes, e aquelas outras coisas que me preocupavam o eram precisamente no mais alto grau.

Conforme essa disposição de ânimo ia fazendo-me cada vez mais indiferente ao ensino, fui aproximando cada vez mais meu interesse de Max Demian. Parecia haver algo que nos ia enredando. Procurarei seguir, passo a passo, esse processo com a maior exatidão possível. Que me lembre, começou em uma das primeiras aulas matinais, quando as lâmpadas da sala ainda estavam acesas. Nosso professor de religião havia começado a falar da história de Caim e Abel, enquanto eu ouvia com o pensamento distante. Estava ainda meio adormecido e não prestava qualquer atenção. De repente, o pároco pôs-se a discorrer calorosamente em voz mais alta sobre o tema da marca de Caim. Naquele exato momento senti algo como um contato ou uma chamada, e ao levantar os olhos dei com o rosto de Demian voltado para mim lá dos primeiros bancos da sala, com um olhar agudo, expressivo, entre zombeteiro e severo. Aquele olhar não durou mais que um instante, e imediatamente me pus a ouvir com avidez as palavras do pároco; ouvi-o falar sobre Caim e a marca e senti no fundo da consciência que aquilo não era como o pároco nos ensinava, mas suscetível de ser interpretado de maneira muito diversa e que a explicação que nos dava era passível de críticas.

Nesse momento, estabeleceu-se de novo um vínculo entre mim e Demian. E o mais curioso foi que, mal surgiu em minha alma esse sentimento de certa união, ei-lo que se concretiza, como por magia, no espaço. Logo em seguida e sem que eu soubesse se se tratava de iniciativa sua ou de mera coincidência – pois então eu ainda acreditava em casualidades –, Demian mudou de lugar na classe de religião e veio sentar-se a minha frente (ainda me recordo o quanto me era agradável aspirar, em meio à miserável atmosfera de indigência da classe repleta, o fresco perfume de sabonete que se lhe exalava da nuca!), e alguns dias depois tornou a mudar de lugar e veio sentar-se a meu lado, onde permaneceu por todo o inverno e toda a primavera.

As aulas matinais mudaram por completo. Já não eram tão monótonas e desinteressantes. Eu as esperava com impaciência. Algumas vezes escutávamos ambos com a maior atenção as explicações do pároco. Bastava um olhar de meu vizinho de carteira para me assinalar um feito curioso ou um texto singular e outro olhar, inconfundível, era suficiente para me pôr em guarda e despertar em mim o senso crítico e a dúvida.

Mas muitas outras vezes nos comportávamos como maus alunos e nada ouvíamos da lição. Demian sempre se mostrava amável para com os mestres e condiscípulos, nunca se entregava a qualquer travessura idiota de colegial, jamais foi surpreendido rindo ou falando alto em classe ou recebeu qualquer reprimenda de um professor. Contudo, em voz baixa, e menos com palavras do que com sinais e olhares, sabia fazer-me participar das ideias que o ocupavam. E estas eram, às vezes, bastante singulares.

Assim foi que me falou um dia dos alunos que o interessavam e a maneira pela qual os estudava. Havia alguns aos quais já conhecia muito bem. Antes de começar a aula, virava-se para mim e dizia: "Quando eu te fizer um sinal com o dedo, tal ou qual aluno vai se virar para trás ou vai coçar a nuca" etc. Logo, durante a aula, quando mal me lembrava já de suas predições, Max virava para mim repentinamente o dedo polegar, com um brusco gesto significativo, e, ao dirigir rápido meus olhos para o aluno predito via-o sempre realizar o gesto anunciado, como se estivesse preso a um fio. Fiz tudo para que Max tentasse também a experiência com o professor, mas ele não acedeu. Somente uma vez foi que o praticou, para auxiliar-me, pois que eu lhe havia dito que não sabia a lição e tinha receio de que o pároco me chamasse. Durante a aula, o pároco procurou demoradamente alguém que lhe recitasse um trecho do catecismo e seu olhar errante acabou por deter-se em meu rosto culpável. Lentamente, caminhou em minha direção e estendeu a mão para indicar-me; mas quando já tinha meu nome à flor dos lábios, sentiu algo que o distraía e perturbava, mexeu no colarinho, deu uns passos para Demian que o olhava fixamente nos olhos, pareceu querer perguntar-lhe algo, tossiu um pouco, deu meia-volta e designou outro aluno.

Pouco a pouco, entre aquelas brincadeiras que tanto me divertiam, fui percebendo que Demian experimentava, com frequência, aquele jogo comigo. Às vezes, a caminho do colégio, experimentava a sensação súbita de que Demian vinha atrás de mim, e ao voltar a cabeça, via-o aproximar-se efetivamente.

– Podes, de fato, fazer com que outro pense aquilo que quiseres? – perguntei-lhe.

Respondeu-me afavelmente, em seu estilo claro, repousado e maduro:

– Não, isso não é possível. Nossa vontade não é livre, embora o pároco afirme o contrário. Ninguém pode pensar o que quer nem podemos fazer outro pensar o que queremos. O que se pode fazer é observar bem as criaturas, e assim é possível acertar muitas vezes com o que alguém pensa ou sente em determinado momento e predizer o que fará no momento seguinte. Tudo isso é bastante simples, mas os outros desconhecem. É claro que requer muito exercício. Há, por exemplo, entre as mariposas, certa espécie noturna da qual as fêmeas são em número muito mais reduzido do que os machos. As mariposas se reproduzem da mesma maneira que todos os outros insetos: o macho fecunda a fêmea e esta põe ovos. Quando se captura uma dessas fêmeas (e numerosos naturalistas já comprovaram o fato), os machos vão dar ao lugar onde ela se encontra prisioneira, depois de voarem vários quilômetros de distância, viajando horas através da noite. Presta atenção! A vários quilômetros de distância, os machos sentem a presença da única fêmea existente nas imediações. Tentou-se buscar uma explicação para o fato, mas é muito difícil de explicar. Talvez os machos tenham o sentido do olfato extraordinariamente desenvolvido, como os bons cães de caça que conseguem achar e seguir um rastro imperceptível. Compreendes? A Natureza está cheia de fatos como esse, que ninguém consegue explicar. Mas imagino que se, entre essas mariposas, as fêmeas fossem tão frequentes quanto os machos, estes talvez não tivessem um olfato tão fino. Se o têm é porque se viram na necessidade de exercitá-lo a tal ponto e a intensificar sua sensibilidade. Quando um animal ou um homem orienta toda a sua atenção e toda a sua força de vontade para determinado fim, acaba por consegui-lo. O mesmo acontece com o que antes dizíamos. Se observarmos uma pessoa com suficiente atenção, acabaremos por saber mais a seu respeito do que a própria pessoa.

As palavras "adivinhação do pensamento" afloraram aos meus lábios e estive a pico de pronunciá-las e com elas recordar a Demian a história de Kromer, já tão distante no passado. Mas entre nós parecia existir um singular acordo tácito: nem eu nem ele fazíamos nunca a menor alusão ao decisivo papel que desempenhara em minha vida, há alguns anos passados. Era como se jamais houvesse existido antes algo entre nós dois ou como se ambos estivéssemos firmemente convencidos de que o outro já se esquecera do acontecido. Uma ou duas vezes, seguindo juntos, demos com Franz Kromer, mas nem mesmo nessas ocasiões trocamos um olhar ou pronunciamos uma palavra a respeito do caso.

– Não consigo compreender-te bem – objetei. – Primeiro afirmas que nossa vontade não é livre e em seguida dizes que para se alcançar uma coisa basta que orientemos firmemente em sua direção toda a nossa vontade. Mas se não sou dono de minha vontade, é claro que não poderei orientá-la a meu arbítrio num determinado sentido.

Deu-me uma palmada no ombro, gesto que fazia sempre que algo meu lhe agradava.

– Ótimo, assim é que é! – exclamou, rindo. – É necessário perguntar-se sempre, duvidar sempre. Mas a coisa é muito simples. Se uma dessas mariposas noturnas de que falamos pretendesse orientar toda a sua vontade em direção a uma estrela ou a outro fim semelhante, é claro que nada conseguiria. Mas sequer pretende isso. Busca apenas o que tem para ela um sentido e um valor, algo que lhe é necessário e de que não pode prescindir. E é então precisamente quando consegue também o inacreditável: desenvolver um sexto sentido, que só ela possui entre todos os animais. Nós, os homens, temos um campo de ação muito mais vasto e interesses mais amplos do que os animais. Mas também nós nos achamos inscritos num círculo relativamente pequeno e não conseguimos ultrapassá-lo. Posso imaginar muitas coisas, imaginar, por exemplo, que meu maior desejo seria chegar ao polo Norte ou algo semelhante; mas só poderei querer isso com suficiente intensidade e realizar esse desejo quando ele realmente existir em mim e todo o meu ser se achar penetrado por ele. Quando isso acontece, quando intentas algo que te é ordenado de dentro do próprio ser, acabas por consegui-lo e podes atrelar tua vontade como se fosse um animal de tiro. Se eu me esforçasse agora no sentido de que, por exemplo, nosso pároco não usasse óculos, não haveria de conseguir nada. Seria apenas um jogo. Mas, quando no outono passado, surgiu em mim o firme propósito de mudar de lugar na classe, tudo aconteceu maravilhosamente. Logo apareceu um aluno, que até então estivera doente e cujo nome começava por uma letra anterior à inicial do meu, e como alguém devesse dar-lhe o lugar nos primeiros bancos, fui eu, desde logo, quem lhe cedeu o lugar, precisamente porque minha vontade já se encontrava preparada para aproveitar a primeira ocasião.

– Também percebi naquela época algo bastante singular – confirmei. – Desde o momento em que começamos a interessar-nos um pelo outro, foste chegando cada vez mais para perto de mim. Como foi? Não vieste sentar-te imediatamente a meu lado, mas ficaste sentado algumas vezes a minha frente, te lembras? Como foi que fizeste?

– As coisas passaram-se assim: quando comecei a sentir o desejo de mudar não sabia ainda seguramente onde iria parar. Sabia apenas que queria sentar-me um pouco mais atrás. Minha vontade era reunir-me contigo, mas ela ainda não se havia feito consciente. Ao mesmo tempo, tua vontade puxou por mim, atraindo a minha. Só quando acabei por sentar-me diante de ti foi que notei que meu desejo se havia cumprido em parte e percebi que meus movimentos haviam obedecido ao propósito de ir sentar-me a teu lado.

– Mas dessa vez não se apresentou nenhum aluno novo para facilitar-te a mudança de lugar.

– Não, mas fiz simplesmente o que queria e sentei-me logo a teu lado. O aluno com quem troquei de lugar ficou um pouco assombrado, mas deixou que eu o fizesse. E o pároco percebeu que alguma coisa estava acontecendo, mas não soube o que, ao certo. Em geral, sempre que se dirige a mim na sala, nota algo estranho que o inquieta interiormente. Sabe que me chamo Demian e que meu nome, começando por D, não me faculta sentar-me num dos últimos bancos, junto aos da letra S! Mas isso não chega a penetrar-lhe na consciência, porque minha vontade se opõe a tal, impedindo-o permanentemente. O bom padre adverte algo estranho cada vez que me vê a teu lado e começa a tentar entender. Então emprego um meio muito simples. Olho-o fixamente nos olhos. Há poucas pessoas que conseguem aguentar isso bem. A maioria se inquieta. Quando quiseres conseguir alguma coisa de uma pessoa e vires que ela se conserva inteiramente calma quando a olhas resolutamente nos olhos, então é melhor renunciares a teu desejo. Nunca hás de conseguir nada de tal pessoa! Mas isso não é frequente. Quanto a mim, só conheço uma pessoa que me resiste sempre.

– Quem é? – perguntei rápido.

Demian olhou-me contraindo um pouco os olhos, como fazia sempre que refletia intensamente, e voltou logo o rosto para outro lado, sem responder. Apesar de minha viva curiosidade, não me atrevi a repetir a pergunta.

Contudo, creio que devia referir-se à mãe. Parecia viver com ela em íntima união espiritual; mas nunca me falou a seu respeito nem me levou à sua casa. Eu mal sabia como era ela.

Por aquele tempo tratei algumas vezes de imitar Demian e concentrar toda minha vontade sobre alguma coisa determinada, para ver se a alcançava. Havia em mim alguns desejos que me pareciam suficientemente ansiosos. Mas nada consegui. Nem tive coragem de revelar a Demian minhas tentativas. Não me seria possível confessar-lhe meus desejos. E ele, por sua vez, nada me perguntou.

Minha fé religiosa começara também a fraquejar. Mas minha atitude mental, muito influenciada por Demian, se afastava bastante da de meus condiscípulos que afetavam uma completa incredulidade. Era um pequeno grupo e se permitia dizer que era ridículo e indigno de homens crer ainda em um Deus, que histórias como a da Santíssima Trindade e da Imaculada Conceição provocavam simplesmente o riso e que era uma vergonha continuar-se aceitando semelhantes velharias. Eu não pensava assim. Apesar de minhas dúvidas e com toda a experiência da infância, era-me dado conhecer bastante da realidade de uma vida piedosa, como a que levavam, por exemplo, meus pais, e sabia que nela não havia nada de indigno ou fingido. Pelo contrário, as pessoas religiosas me inspiravam, agora como antes, o mais profundo respeito. O caso era que Demian me habituara a considerar e a interpretar as tradições religiosas e os dogmas de uma maneira mais livre, mais pessoal, mais divertida e mais rica em fantasia. Pelo menos, eu acompanhava sempre com agrado suas interpretações, embora algumas me parecessem demasiadamente fortes, como a história de Caim. Durante as aulas preparatórias da confirmação, Max voltou a assustar-me com uma interpretação ainda mais ousada, se é possível.

O professor estivera falando do Gólgota. O relato bíblico da paixão e morte do Redentor sempre me despertara, desde a primeira infância, profunda impressão, tanto que, certa vez, numa Sexta-Feira Santa, ao ouvir meu pai ler a história da Paixão, lembro-me de que vivi, com íntimo e comovido recolhimento, naquele mundo dolorosamente belo, pálido, espectral e, no entanto, cheio de vida, em Getsêmani, no cimo do Gólgota, e quando ouvia a *Paixão Segundo São Mateus*, de Bach, estremecia com místico tremor ante o dolente esplendor sombrio e poderoso daquele mundo enigmático. Ainda hoje vejo naquela música e no *actus tragicus* a quintessência de toda a poesia e de toda a expressão artística.

Quando a aula terminou, disse-me Demian com expressão reflexiva:

– Há certa coisa que não consegue agradar-me, Sinclair. Lê de novo o relato da Paixão, aprecia-o bem e verás como descobrirás algo que te parecerá insosso. Refiro-me à história dos dois ladrões. O espetáculo das três cruzes erguendo-se juntas sobre a colina é verdadeiramente sublime! Mas em seguida vem aquela história sentimental do Bom Ladrão! Durante toda a vida foi um criminoso, cometeu sabe-se lá quantas infâmias e agora se derrete e chora arrependimento e contrição! Podes dizer-me que sentido existe nesse arrependimento a dois passos do sepulcro? A história não passa de um caso devoto, alambicado e falso, untuosamente comovida e com um fundo edificante. Se tivesses de escolher hoje por amigo a um dos dois ladrões ou meditar sobre qual deles poderias depositar melhor tua confiança, decerto não escolherias, sem dúvida, ao outro, que é um indivíduo de caráter. Desdenha uma conversão que já não pode ter qualquer valor naquele momento, segue seu caminho até o fim e não debanda covardemente, no último instante, do Diabo, que o vinha ajudando até então. Talvez tenha sido também um descendente de Caim. Não achas?

Ouvi-o assombrado. Estava convicto de haver penetrado profundamente na história da Crucificação e via agora com que apoucada imaginação e com que falta de fantasia a escutara e lera. Mas, ao mesmo tempo, as novas interpretações de Demian ameaçavam derrubar em mim conceitos que não me eram fáceis abandonar. Não, não se podia brincar assim com tudo, mesmo com as coisas mais sagradas.

Ele adivinhou, como sempre no mesmo instante, minha resistência, antes que eu dissesse qualquer coisa.

– Sei o que vais dizer-me – continuou, resignado. – Sempre tropeçamos com isso! Mas ouve-me ainda um momento: esse é um dos pontos em que se vê mais claramente os defeitos da religião. Esse Deus da antiga e da nova Aliança é, antes de tudo, uma figura extraordinária, mas não o que realmente deveria ser. Representa o bom, o nobre, o paternal, o belo e também o elevado e o sentimental... está bem! Mas o mundo se compõe também de outras coisas. E todas essas coisas são simplesmente atribuídas ao Diabo; toda essa parte do mundo, toda essa outra metade é encoberta e silenciada. Glorifica-se a Deus como o Pai de toda a vida, ao mesmo tempo em que se oculta e se silencia a vida sexual, fonte e substrato da própria vida, declarando-a pecado e obra do Demônio. Não faço a menor objeção a que se adore esse Deus Jeová. Mas creio que devemos adorar e santificar o mundo inteiro em sua plenitude total, e não apenas essa metade oficial, artificialmente dissociada. Portanto, ao lado do culto de Deus devíamos celebrar o culto do Demônio. Isso seria o certo. Ou mesmo criar um deus que integrasse em si também o demônio e diante do qual não tivéssemos que cerrar os olhos para não ver as coisas mais naturais do mundo.

Demian havia chegado a exaltar-se, contra seu hábito. Contudo, não demorou a recobrar o sorriso e deixou de espicaçar-me.

Porém suas palavras haviam atingido em mim o enigma que durante meus anos de juventude me acompanhara por todas as horas e sobre o qual nunca dissera a ninguém qualquer palavra. O que Demian sabia sobre Deus e o Diabo, sobre o mundo oficialmente divino e o mundo demoníaco, era exatamente meu próprio pensamento, meu próprio mito, minha concepção dos dois mundos: o luminoso e o sombrio. A descoberta de que meu problema era um problema de todos os homens, um problema de toda a vida e de todo o pensamento, pairou sobre mim de súbito como uma sombra divina e me senti penetrado de temeroso respeito ao perceber o quão profundamente minha vida e meu pensamento participavam da corrente eterna das grandes ideias. Essa descoberta, feliz e satisfatória quanto ao confirmar minhas concepções, não foi, contudo, um fato alegre. Era uma descoberta dura e tinha áspero sabor, pois trazia consigo um princípio de responsabilidade, um adeus definitivo à infância e um anúncio de solidão e isolamento.

Ousando revelar pela primeira vez na vida meu íntimo segredo, expus a meu colega o conceito dos "dois mundos", e Demian viu em seguida como nesse conceito se dilatava a plena conformidade de meu mais íntimo sentir com as próprias ideias. Mas não foi capaz de aproveitar a vantagem que isso lhe dava sobre mim. Ouviu-me com a mais profunda atenção, olhando-me fixamente nos olhos, até que eu afastei os meus ao perceber, de novo em seu olhar, aquela estranha eternidade zoológica, aquela incalculável ancianidade.

– Voltaremos qualquer dia a esse assunto – disse, não querendo puxar mais por mais. – Vejo que pensas mais do que podes exprimir. Mas vejo também que nunca viveste completamente aquilo que pensas, e isso não é bom. Somente as ideias que vivemos é que têm valor. Percebeste que o "mundo permitido" era apenas a metade do mundo e trataste de ocultar a outra metade, como fazem os religiosos e os professores. Jamais o conseguirás! Ninguém o consegue, a partir do momento em que tenha começado a pensar.

Essas palavras penetraram-me fundamente.

– Contudo – disse eu, quase gritando –, não podes negar que haja coisas real e efetivamente ilícitas e repulsivas e que fazem bem em proibi-las e estamos certos renunciando a elas. Sei perfeitamente que o assassínio é uma possibilidade real e que há toda espécie de vícios. Mas só por existirem tais coisas devemos correr para elas e transformarmo-nos em criminosos?

– Não é possível examinar todos os aspectos do tema em uma única palestra – concordou Demian. – Para início, ninguém está te dizendo que devas matar ou violar e assassinar as jovens. Mas também ainda não chegaste ao ponto em que se descobre o verdadeiro sentido do "permitido" e do "proibido". Estás começando a ter a revelação de uma parte da verdade. O resto virá em seguida, não tenhas receio! Agora, por exemplo, levas contigo, há já quase um ano, um instinto mais forte do que todos os demais e que se rotula como "proibido". No entanto, os gregos e muitos outros povos fizeram desse mesmo instinto uma divindade à qual prestavam culto em grandes festas. O "proibido" não é, pois, eterno, e, sim, sujeito a mudanças. Da mesma forma, hoje qualquer um pode deitar-se licitamente com uma mulher, desde que a tenha levado antes à presença de um sacerdote e se tenha casado com ela. Mas há outros povos entre os quais se procede diferentemente. Por isso, cada um de nós tem que encontrar por si mesmo o "permitido" e o "proibido" relativamente à sua própria pessoa, o que é proibido a cada um de nós. Podemos deixar de fazer tudo o que for proibido e sermos, a despeito disso, um evidente patife. E vice-versa. Em suma, tudo não passa de uma questão de comodidade! Aquele que acha mais cômodo não ter que pensar por si mesmo e ser o próprio juiz acaba por submeter-se às proibições vigentes. Acha isso mais simples. Mas há outros que sentem em si mesmos sua própria lei e consideram proibidas certas coisas que os homens de bem perpetram a todo instante e permitem outras sobre as quais recai uma geral interdição. Cada qual tem que responder por si mesmo.

Súbito, pareceu arrepender-se por haver falado tanto e interrompeu-se. Quanto a mim, compreendi então o sentimento que o levava a emudecer. Embora Demian tivesse por hábito expor suas ideias em tom de uma palestra agradável e aparentemente superficial, não gostava de "falar por falar", como ele próprio me afirmou um dia. E naquela ocasião, ele sentia em mim, ao lado de um autêntico interesse, muito de jogo e de pueril complacência nas conversações intelectuais, ou seja, a falta de uma plena seriedade.

Ao reler as últimas palavras escritas – "uma plena seriedade" – volta-me repentinamente à memória outra cena, a mais impressionante de todas as passadas entre mim e Demian naqueles tempos de meninos.

Aproximava-se a data de nossa confirmação da eucaristia e as últimas aulas da preparação religiosa diziam respeito à Santa Ceia. Penetrado pela importância do tema, o pároco pôs o máximo cuidado em suas explicações e conseguiu realmente criar, durante as últimas aulas, um clima de recolhimento e unção. Mas foi precisamente durante essas duas ou três aulas que meu pensamento permaneceu mais do que nunca ligado à pessoa de meu amigo. Diante da confirmação, que nos era apresentada como recepção solene na comunidade da Igreja, ia-se concretizando em mim a ideia de que, para mim, o valor daqueles seis meses de ensino religioso não estava no que havia aprendido, mas na proximidade e na influência que recebera de Demian. Estava preparado para entronizar-me não na comunidade da Igreja, mas em algo muito diverso, na ordem do pensamento e da personalidade, que devia existir de algum modo na Terra, e cujo representante ou emissário era, para mim, meu amigo.

Fiz de tudo para afastar aquela ideia. Não obstante, queria viver a festa solene de minha confirmação com certa dignidade que não parecia muito compatível com esses novos pensamentos. Mas quisesse ou não, a ideia permanecia em mim e pouco a pouco foi-me enlaçando à próxima solenidade, fazendo-me dela participar de maneira diversa da dos demais, já que acabou por significar para mim a recepção em um mundo intelectual como o que eu descobria em Demian.

Por aqueles dias voltei a discutir calorosamente com ele e exatamente antes da aula de religião. Meu amigo manteve-se distante e percebi que não lhe agradavam minhas palavras, um tanto presunçosas e pedantes, é verdade.

– Falamos em demasia – disse ele com gravidade desacostumada. – As palavras engenhosas não têm qualquer valor, absolutamente nenhum. Só conseguem afastar-nos de nós mesmos. E afastar-se de si mesmo é um pecado. É preciso que se saiba encerrar-se em si mesmo, como a tartaruga.

Instantes depois, entramos na sala. A aula começou e me esforcei para prestar atenção sem que Demian intentasse distrair-me. Mas dentro em pouco, começou a chegar até mim, vinda do lugar que Demian ocupava a meu lado, uma estranha sensação indefinível de frieza e de vazio, como se tal lugar tivesse sido de súbito abandonado. Tal sensação veio a ser-me tão angustiosa que tive de voltar os olhos.

Meu amigo lá estava sentado, o corpo empertigado e em atitude correta, como sempre. Mas à parte isso, seu aspecto era estranho, e algo que eu não sabia bem o que era como que emanava dele e o rodeava. A princípio, pensei que tivesse os olhos fechados, mas em seguida vi que os mantinha abertos. Contudo, aqueles olhos não olhavam, não viam, fixos que estavam e voltados para o interior ou perdidos muito longe. Sentado ali, totalmente imóvel, parecia nem respirar, e a boca era como se fosse talhada em madeira ou pedra. O rosto estava pálido, uniformemente pálido, como de pedra, e seus cabelos escuros eram a única coisa que ainda parecia conservar nele alguma vida. As mãos repousavam diante dele sobre a carteira, inanimadas e quietas como objetos, como pedras ou frutos, pálidas e imóveis, mas não distensas e flácidas, e sim como firme e seguro abrigo em torno de uma intensa vida interior.

A visão me fez tremer. "Está morto!", pensei quase em voz alta. Mas sabia muito bem que não estava. Meus olhos permaneceram fixos naquele rosto, naquela pálida máscara de pedra, e senti que tinha então diante de mim o verdadeiro Demian! O outro, o de todos os dias, o que andava e conversava comigo, não passava da metade dele, um meio Demian que representava, às vezes, um papel e se conformava benevolamente com algo que lhe era alheio. Já o verdadeiro Demian era assim; pétreo e primordial, belo e frio, morto e cheio de uma vida inaudita. E em torno dele aquele vazio silencioso, aquele espaço etéreo e sideral, aquela morte emudecida!

Senti, estremecendo, que Demian se havia retirado por completo em si mesmo. Nunca me achara tão só. Não encontrava nele nenhuma participação, era-me inacessível e estava mais longe de mim do que se estivesse na ilha mais longínqua do mundo.

Achava incompreensível que ninguém, exceto eu, tivesse dado pela coisa. Todos deveriam olhá-lo e estremecer, admirados! Mas ninguém lhe prestava atenção. Lá continuava ele sentado em seu lugar, rígido como uma estátua, ou, como devo ter pensado então, como um ídolo. Uma mosca pousou-lhe no rosto e passeou-lhe pelo nariz e pelos lábios sem que a face tivesse a mais leve contração.

Onde, onde estaria agora? Que pensava, que sentia? Estaria num céu ou num inferno?

Não me foi possível fazer-lhe qualquer pergunta. Quando do término da aula, vi-o reviver e respirar de novo; quando seu olhar encontrou o meu, já voltara a ser o Demian anterior. De onde viria? Onde estivera? Parecia fatigado. O rosto havia readquirido cor e as mãos se moviam de novo. No entanto, o cabelo escuro parecia ter perdido o brilho e caía como cansado sobre a testa.

Durante os dias que se seguiram tentei várias vezes, em meu quarto, uma nova experiência: sentava-me numa cadeira e permanecia imóvel e rígido, com o olhar fixo, esperando ver quanto tempo conseguia resistir assim e o que sentia com isso. Só consegui cansar-me e sentir uma violenta comichão nas pálpebras.

Pouco depois veio a crisma, da qual não conservo nenhuma lembrança importante.

Depois tudo mudou. A infância se desfez em ruínas. Meus pais me olhavam com certo embaraço. Minhas irmãs chegaram a parecer-me estranhas. Uma vaga desilusão foi debilitando e esfumando meus sentimentos e minhas alegrias habituais; o jardim já não tinha perfume, o bosque não mais me atraía, o mundo se estendia a meu redor como um saldo de trastes velhos, insípido e desencantado; os livros eram papel; a música, ruído. Exatamente como a árvore do outono ao perder suas folhas que lhe caem ao redor, sem senti-lo, e quando a chuva, a geada e o sol lhe resvalam pelo tronco, à medida que a vida se retira para o mais íntimo e recôndito de si mesma. Não morre. Espera.

Para depois das férias estava acertado meu ingresso em outro colégio e, com isso, minha primeira ausência de casa. Minha mãe aproximava-se de mim às vezes com um carinho especial, antecipando a despedida e esforçando-se por penetrar meu coração de amor, de cordura e nostalgia. Demian havia partido em viagem. Eu estava só.

# 4
# Beatrice

Sem mais estar com meu amigo, segui para S. a fim de passar o restante das férias. Meus pais me acompanharam e me entregaram, após um sem-número de recomendações, aos cuidados de um pensionato de colegiais dirigido por um dos professores do liceu. Qual não teria sido o espanto se pudessem saber diante de que caminhos me deixavam.

Meu problema era ainda saber se chegaria a ser, com o tempo, um filho exemplar e um cidadão útil, ou se, pelo contrário, a natureza me empurraria para outros caminhos. A última tentativa de ser feliz à sombra do lar paterno havia durado muito tempo, e vez por outra pareceu-me que iria ter êxito; mas, por fim, veio a fracassar lamentavelmente.

O extraordinário vazio e a mortal solidão que senti pela primeira vez nas férias seguintes à minha crisma (como se tornariam familiares mais tarde esse vazio, esse ar rarefeito!) não deviam desaparecer tão cedo. O adeus ao lar foi-me estranhamente fácil, tão fácil que eu mesmo me envergonhei com a indiferença, pois minhas irmãs choravam sem cessar e eu não conseguia fazê-lo. Estava assombrado comigo mesmo. Até então não podia ser tachado de insensível e havia sido, no fundo, um bom menino. Agora estava totalmente mudado. Indiferente ao mundo exterior, passava os dias ouvindo o rumor das correntes obscuras e proibidas, que fluíam em mim, subterrâneas. Meu crescimento se acelerara muito nos últimos seis meses e minha figura projetava sobre o mundo uma sombra comprida, estreita e como que inacabada. Todo o amável atrativo do adolescente se havia retirado de mim. Senti que ninguém seria capaz de amar-me assim e me desagradava imensamente a mim mesmo. Às vezes, me invadia uma profunda saudade de Demian, mas em outras, o odiava e o culpava pelo empobrecimento de minha vida, que sobre mim pesava como uma doença repulsiva.

Meus colegas de pensão escolar não tiveram por mim, a princípio, nem estima nem simpatia. Depois de fazerem de mim o alvo de suas brincadeiras, foram aos poucos se afastando, considerando-me um hipócrita extravagante e desagradável. Não me desagradava representar semelhante papel e levei-o ao exagero, encerrando-me numa áspera solidão que exteriormente poderia passar por um vil desprezo pelo mundo, ao passo que sucumbia em meu íntimo em violentos ataques de desespero e melancolia. A atividade escolar resumia-se, durante os primeiros tempos, em ruminar os conhecimentos já acumulados, pois a nova classe me pareceu um tanto atrasada em relação à do colégio anterior, e eu comecei a acostumar-me logo a encarar os colegas com certa superioridade, considerando-os mais crianças do que eu.

Assim se passou mais de um ano. Tampouco as primeiras visitas à minha casa, durante as férias, trouxeram-me qualquer coisa de novo. Regressava ao colégio de bom grado.

Era o princípio de novembro. Desde muito tempo, adquirira o hábito de dar, todos os dias, um grande passeio, fosse qual fosse o tempo, e nessas voltas pensativas experimentava, às vezes, singular felicidade, uma felicidade cheia de melancolia, de desprezo pelo mundo e por mim mesmo. Nessa disposição de espírito caminhava, pois, numa tarde, através da úmida penumbra, pelos arredores da cidade. A larga e deserta avenida de um parque público era um convite para mim. O solo estava encoberto por uma espessa capa de folhas caídas, na qual se afundavam meus pés com sombria volúpia. Recendia um odor úmido e amargo. As árvores ao longe surgiam espectrais e sombrias em meio à névoa.

No fim da aleia parei, indeciso, a vista fixa na negra folhagem, e aspirei com ânsia aquele úmido aroma declinante do fenecimento, sentindo dentro de mim algo que o saudava e lhe correspondia. Ó como a vida parecia insípida!

Por um dos caminhos laterais, alguém se aproximava. Pus-me de novo a andar, mas já fora reconhecido:

– Alô, Sinclair!

Quem se aproximava era Afonso Beck, o mais velho de meus colegas de pensão. Eu o via com bons olhos e nada tinha contra ele, embora me tratasse, como aos demais colegas, com certa ironia e ares mandões. Passava por ser tão forte quanto um urso e dizia-se que dominara completamente o dono da pensão e que era o herói de muitas aventuras escolares.

– Que fazes aqui? – exclamou afavelmente, com o tom adotado pelos mais velhos quando se dignam de nos dirigir a palavra. – Aposto que estás compondo versos.

– De jeito nenhum! – esquivei-me, brusco.

Começou a rir e continuou andando a meu lado, a conversar. Eu já havia perdido o hábito da palestra.

– Não penses que eu seja incapaz de compreender essas coisas, Sinclair. Sei muito bem que quando uma pessoa passeia assim, ao entardecer, em meio à névoa, com pensamentos outonais, sente sempre um desejo de fazer versos. E, naturalmente, versos sobre a natureza agonizante e a juventude perdida. Como os de Heine.

– Não sou tão sentimental – defendi-me.

– Isso mesmo! O que o homem deve fazer com um desses é procurar um lugar abrigado onde possa tomar um bom copo de vinho ou algo que o valha. Queres vir comigo? Não estou à espera de ninguém. Ou talvez não te agrade a ideia? Não quero perverter-te, meu caro, se é que és um jovem exemplar.

Pouco tempo depois, estávamos sentados numa taberna do bairro e bebíamos um vinho duvidoso, brindando os canecões espessos. A princípio, aquilo não me agradou muito, embora ainda fosse algo novo para mim. Mas como não estivesse acostumado a beber, o vinho tornou-me em breve loquaz. Era como se tivessem aberto em mim uma janela através da qual o mundo penetrasse radiante. Há quanto tempo não desafogava minha alma! Comecei a parolear e daí a pouco estava brilhando com minha história de Caim e Abel!

Beck escutava-me com agrado – finalmente, alguém a quem eu dava algo! Bateu-me amigavelmente no ombro e disse que estava achando a história muito interessante. Senti que meu coração se enchia de júbilo ante a ventura de poder dar, por fim, curso livre e tumultuoso a meus desejos de comunicação, tanto tempo estagnados, naquela alegria de ser estimado e demonstrar valor aos olhos de alguém mais velho do que eu. Quando, mais tarde, me disse que eu era um moço genial, essas palavras inundaram-me a alma como um vinho forte e doce. O mundo ardia em cores novas, as ideias se me acorriam de mil atrevidas fontes ignotas, o engenho e o fogo chamejavam em mim. Falamos sobre nossos professores e colegas e me pareceu que nos entendíamos às mil maravilhas. Falamos sobre os gregos e sobre o paganismo, e Beck tentou fazer-me confessar minhas aventuras amorosas. Mas nesse terreno não me era possível continuar falando. Nada havia vivido e nada poderia contar. Tudo o que em minha vida interior sentia, construía ou imaginava jazia ardendo dentro de mim, mas nem o vinho foi suficientemente poderoso para trazê-lo à tona e torná-lo comunicável.

Beck sabia muito mais do que eu sobre as mulheres, e escutei, vibrando, suas histórias. Soube de coisas inimagináveis. Coisas que nunca consideraria possíveis passaram a fazer parte da realidade mais comum e habitual. Com seus 18 anos, Afonso Beck já possuía uma rica experiência. Sabia, entre outras coisas, que as mocinhas só gostavam de namorar e ser cortejadas, e que tudo aquilo era muito agradável, mas ainda não era o melhor. Conseguia-se muito mais das mulheres casadas. Eram muito mais inteligentes. Frau Jaggelt, por exemplo, a dona da loja onde comprávamos lápis e cadernos, com essa se podia falar: as coisas que se haviam passado atrás daquele balcão não cabiam num livro!

Eu o ouvia fascinado e absorto. Sentia, desde logo, que seria impossível amar Frau Jaggelt. Mas isso era o de menos; a revelação subsistia, maravilhosa. Parecia brotar dali, pelo menos para os maiores, fontes jamais sonhadas. Tudo aquilo soava certamente um tanto falso e tinha um sabor mais baixo e cotidiano do que, em meu entender, deviam ter as coisas do amor; mas, de todo modo, era uma realidade, era a vida e a aventura; tinha ao meu lado alguém que o havia experimentado e para quem tudo isso era bastante natural.

Nossa conversa caíra um pouco de nível, perdera algo. Eu já não era o rapazinho genial, mas apenas a criança que ouvia o adulto. Mas, ainda assim, comparado com o que minha vida vinha sendo nesses últimos meses, aquilo se arvorava como algo delicioso e paradisíaco.

Ademais, conforme fui sentindo pouco a pouco, tudo aquilo, desde a entrada na taberna até o ponto central de nosso diálogo, pertencia ao mundo do proibido, ao mais proibido de tudo. E eu encontrava nisso um sabor apaixonado e rebelde.

Conservo daquela noite uma lembrança muito nítida. Quando, bem mais tarde, empreendemos ambos o regresso, sob a frouxa luz dos lampiões, na úmida noite fria, eu estava embriagado pela primeira vez em minha vida. Aquele estado não me era nada agradável, mas, pelo contrário, muito penoso, e, contudo, também tinha algo mais, certo encanto, singular doçura: era a rebelião e a orgia, vida e espírito. Afonso Beck auxiliou-me como pôde, entre chistes, e conduziu-me, quase nos braços, à pensão onde entramos de contrabando por uma janela.

Ao reaver a consciência, depois de um curto sono mortal de que despertei dolorido, senti profunda tristeza. Erguendo-me na cama, percebi que estava com a camisa que usara durante o dia; minhas roupas e sapatos, espalhados pelo chão, cheiravam a fumo e a vômito, e em meio à dor de cabeça, às náuseas e à sede abrasadora, surgiu diante de minha alma uma imagem há muito não evocada. Vi minha cidade natal e meu lar, meus pais e minhas irmãs, vi nosso jardim e meu quarto silencioso e íntimo, o colégio e a praça do mercado; vi Demian e a aula de religião; e tudo aquilo era luminoso, tudo parecia aureolado por suave resplandecência, tudo era maravilhoso, divino e puro, e tudo, tudo aquilo – agora o percebia – havia sido meu até poucas horas antes e se havia esboroado justamente agora; já não me pertencia, me recusava e me olhava com asco. Todas as puras delícias que desde as mais longínquas e douradas horas infantis devia a meus pais – os beijos de minha mãe, os Natais, as piedosas manhãs dominicais, as flores do jardim – tudo jazia roto a meus pés, tudo fora espezinhado. Se naquele instante viessem prender-me alguns esbirros e me arrastassem para a forca, condenando-me por sacrílego, eu não teria oposto um gesto, mas seguiria prazeroso para o cadafalso, considerando justa e cabível a sentença.

No fundo eu era assim! Eu, que caminhava pelo mundo, insulado em meu desprezo! Eu, que sentia o orgulho da inteligência e compartilhava dos pensamentos de Demian! Isso é que eu era: lixo, escória, bêbedo e mesquinho, repugnante e grosseiro, uma besta selvagem dominada por instintos asquerosos. Eu, que vinha daqueles jardins onde tudo era pureza, esplendor e suave encantamento! Eu, que havia amado a música de Bach e as belas poesias! Penetrado de asco e de indignação, ouvia ainda o próprio riso, um riso ébrio, desenfreado, que fluía aos borbotões, estúpido. Aquilo era eu!

Apesar de tudo, era quase um prazer experimentar aqueles tormentos. Há tanto tempo que andava me arrastando cego e insensível pela vida, e fazia tanto que meu coração se calara, fanando-se confinado a um ângulo sombrio, que até aquelas reprovações e aquele horror que contraíam minha alma me eram bem-vindos. Era, por fim, um sentimento que ardia em chamas e no qual meu coração pulsava. Desconcertado, sentia em meio àquela atroz miséria algo como uma libertação e uma nova primavera.

Entretanto, e para quem me visse do exterior, continuava deslizando vertiginosamente para o abismo. Aquela primeira bebedeira não foi a última. Entre os alunos do colégio estava muito difundida a paixão pelo vinho e havia um grupo que passava noitadas nos cafés bebendo e arruaçando. Eu era um dos mais jovens do grupo, mas em pouco tempo deixei de ser considerado um garoto, a quem os mais velhos toleram em sua companhia, para transformar-me num dos chefes, num bebedor famoso e atrevido. Pertencia novamente e por completo ao mundo sombrio, ao demoníaco, e nele ocupava um lugar de destaque.

Mas, apesar de tudo, me sentia miserável. Vivia numa orgia contínua e aniquilante e meus camaradas me consideravam um de seus líderes mais enérgicos, um moço sagaz e resoluto, mas, a despeito disso, minha alma esvoaçava temerosa, penetrada de angústias.

Ainda me lembro como as lágrimas me saltaram aos olhos ao sair do café num domingo pela manhã e ver uns meninos que brincavam pela rua, radiantes, limpos, bem-penteados e com roupas domingueiras. Assim, enquanto divertia meus amigos e, às vezes, os assustava com meu incrível cinismo, entre risos bêbados, diante das mesas sujas dos cafés de baixa categoria, conservava em meu coração um respeito oculto por tudo aquilo que conspurcava com meus ditos, e em meu interior permanecia ajoelhado e chorando diante de minha alma, diante do passado, diante de minha mãe e diante de Deus.

Essa falta de integração no mundo de meus acompanhantes, minha solidão em meio a eles, esse entregar-me desarmado a minha dor, tinha sua explicação. Entre todos os meus colegas, inclusive entre os mais empedernidos, eu passava por um devasso e um cínico; demonstrava talento e ousadia em minhas ideias e meus conceitos sobre os professores, o colégio, a família, a Igreja, e chegava mesmo a ouvir e até a falar obscenidades, mas jamais acompanhava os amigos quando estes iam em busca de garotas. Apesar de minhas palavras serem as de um perfeito libertino, minha vida transcorria solitária, cheia de ardente ânsia de amor, desesperançada. Quanto a isso não havia ninguém mais delicado e pudico do que eu. Quando via passar as jovens, lindas e asseadas, alegres e graciosas, imaginava imaculados sonhos maravilhosos, demasiadamente bons e puros para mim. Durante muito tempo, fiquei sem entrar na papelaria de Frau Jaggelt porque me ruborizava quando a via e me lembrava do que Afonso Beck me dissera a seu respeito.

Mas embora me achasse diferente de meus novos companheiros e me sentisse continuamente solitário em sua companhia, não me era possível desligar-me deles. Já não posso precisar se cheguei realmente alguma vez a encontrar prazer naquela vida de bebedeiras e fanfarronadas, mas lembro-me bem que nunca cheguei a habituar-me tanto com a bebida a ponto de não sentir os desagradáveis enjoos provenientes do excesso. Nada obstante, continuava preso àquela vida como sob o domínio de alguma obsessão. Assim vivia porque não tinha outro remédio e porque se assim não fosse não saberia o que fazer de mim. Tinha medo de ficar só por muito tempo, medo das minhas veleidades de ternura, honestidade e carinho a que me sentia continuamente inclinado, medo dos ternos pensamentos amorosos que com tanta frequência me assaltavam.

O que mais me faltava era um amigo. Entre meus condiscípulos havia dois ou três a quem quisera conquistar. Mas esses fugiam aos meus tratos. Pertenciam aos bons, e já de há muito meus vícios não eram segredo para ninguém. Todos me tinham por perdido incorrigível sob cujos pés a terra já tremia. Os professores conheciam minha vida e por várias vezes me tinham imposto castigos severos. Já se esperava minha expulsão definitiva do colégio. Eu o sabia e havia deixado de ser bom aluno, limitando-me a seguir as aulas aos tropeções, convencido de que aquilo não podia durar muito tempo.

São muitos os caminhos pelos quais Deus pode nos conduzir à solidão e levar-nos a nós mesmos. Por um desses caminhos conduziu-me, então. Foi como um sonho mau. Vejo-me avançar desassossegado e ansioso, como um homem atormentado por um pesadelo, através de longas noites de bebedeira e de cinismo, por um caminho odiento e sujo, coberto de bebida.

Há sonhos assim em que, aos seguirmos em direção ao palácio da Princesa Encantada, afundamo-nos de repente num lodaçal ou nos vemos caminhando por uma ruela imunda e pestilenta. Tal foi o que me ocorreu e tal foi o processo nada belo que me estava destinado seguir para chegar à solidão e interpor entre o paraíso de minha infância e eu uma porta hermética, defendida por dois resplandecentes guardiães implacáveis.

Foi um começo, um despertar da nostalgia de mim mesmo.

Todavia senti um sobressalto convulso quando vi meu pai chegar pela primeira vez a São..., alarmado com as cartas que lhe enviara o diretor do pensionato, e fui levado a sua presença. Mas quando, no fim do inverno, repetiu a visita, já me encontrou endurecido e indiferente a suas reprimendas, a seus rogos e mesmo à evocação de minha mãe. Por fim, encolerizado, me disse que se não mudasse de conduta deixaria que fosse expulso vergonhosamente do colégio e me encerraria num reformatório. Pois que o fizesse! Quando partiu, causou-me dó, mas nada havia conseguido, já não encontrara qualquer caminho que o aproximasse de mim, e senti por momentos que ele merecia aquela dor.

Quanto a mim, me sentia sem cuidados. Mantinha a minha maneira, tão singular quanto pouco atrativa – com bebedeira e jogo –, a luta contra o mundo: era minha forma de protesto. Mas com ela me aniquilava, e ao perceber isso equacionava, às vezes, a questão nos seguintes termos: "Se o mundo não podia utilizar homens como eu, se não tinha para mim nenhum lugar melhor nem podia arranjar-me uma função mais alta, então não me restava outro caminho senão o aniquilamento. Pior para o mundo."

As férias de dezembro foram bem tristes aquele ano. Minha mãe assustou-se ao ver-me. Eu havia crescido ainda mais, e no rosto, pálido e descarnado, ressaltavam-se as pálpebras avermelhadas. Uma primeira sombra de bigode e os óculos, que começara a usar havia pouco, me tornavam mais estranho a seus olhos. Minhas irmãs retrocederam, contendo o riso. Tudo foi penoso e amargo: a conversa com meu pai na biblioteca, as visitas dos parentes; e, mais do que tudo, o Natal. Durante toda a vida o Natal tinha sido a festa mais celebrada em nossa casa, noite de amor e gratidão em que se renovava a aliança com meus pais. Dessa vez tudo acabou sendo desagradável e embaraçoso. Papai leu, como sempre, o evangelho dos pastores do campo "que velavam seus rebanhos"; minhas irmãs receberam, alegres, seus presentes; mas a voz de meu pai soava sem alegria e sua face parecia envelhecida e angustiada; mamãe estava triste, e para mim foi tudo incômodo e desagradável: os presentes e os votos de felicidade, o evangelho e a árvore de Natal. Os pãezinhos exalavam um perfume apetitoso e densas nuvens de doces recordações. O pinheirinho aromava e falava de coisas que já não existiam. Eu ansiava pelo término da noite e de todos aqueles dias de festa.

Assim transcorreu todo o inverno. Fui advertido severamente pelo corpo docente do colégio, que me ameaçava de expulsão definitiva. O desenlace esperado estava próximo. Pouco me importava.

Nada sabia de Max Demian e lhe reprovava com rancor o esquecimento em que me tinha. Não havia voltado a vê-lo durante todo aquele tempo. Escrevera-lhe, logo ao chegar em S., duas cartas, que ficaram sem resposta; por isso não fui visitá-lo durante minhas férias.

Naquele mesmo parque em que havia encontrado Afonso Beck no outono anterior, agora, ao iniciar-se a primavera, quando os espinheiros silvestres começavam a reverdecer, cruzei com uma garota que me interessou profundamente. Aconteceu numa tarde em que passeava solitário e entregue a preocupações desagradáveis, pois via minha saúde alquebrada e passava, além disso, por constantes dificuldades financeiras: já fizera dívidas com vários colegas e deixara crescer algumas contas nas casas onde comprava cigarro e coisas assim, necessitando inventar um gasto necessário para obter de meus pais novo envio de dinheiro. Não que tais preocupações me atormentassem excessivamente: se minha expulsão do colégio estava por um fio e me restava atirar-me n'água ou deixar que me internassem num reformatório, não podia dar muita importância àquelas ninharias. Mas, contudo, desagradava-me viver permanentemente entre coisas tão más.

Naquela tarde de primavera encontrei no parque uma jovem que me interessou desde o primeiro instante. Era alta e esbelta, vestia-se com elegância e tinha feições de menino, inteligentemente expressivas. Fiquei encantado por ela de imediato. Pertencia ao tipo de mulher que mais me agradava e passou a ocupar um lugar de destaque em minha imaginação. Pouco mais velha do que eu, parecia mais cheia, mais definida e mais elegantemente acabada, já quase uma mulher, embora em seu rosto resplandecesse uma plenitude de vida juvenil que me cativava.

Nunca me aventurara a aproximar-me de qualquer das garotas que me interessaram, e também dessa vez não me mostrei mais afoito. Contudo, a impressão foi mais profunda que das outras vezes e o encantamento exerceu sobre mim a mais poderosa das influências.

Diante de mim se erguia novamente uma imagem querida e venerada. Nenhum impulso, nenhuma necessidade pulsava tão profunda e violentamente em meu ser como a ânsia de adoração e de entrega! Dei-lhe o nome de Beatrice, que eu conhecia, não através de Dante, que ainda não lera, mas de uma gravura inglesa, cuja reprodução possuía: era uma bela figura adolescente de ilustração pré-rafaelista, de longos membros afilados, cabeça fina e mãos e feições espirituais. A bela jovem de meu encontro não era de todo igual à da gravura, mas possuía também aquela forma um bocado masculina que tanto me atraía e um quê da pura espiritualidade daquele rosto.

Jamais troquei com Beatrice uma palavra. E, não obstante, ela exerceu sobre mim a mais profunda influência. Fixou diante de mim sua imagem, abriu-me as portas de um santuário, fez de mim um devoto a rezar ajoelhado num templo. De súbito, deixei de frequentar os cafés e as correrias noturnas de meus camaradas. Voltei a estar sozinho e recuperei o gosto pela leitura e os longos passeios silenciosos.

Essa repentina conversão valeu-me o escárnio de meus companheiros. Mas como tivesse novamente algo que pudesse adorar, possuísse de novo um ideal, a vida se mostrava para mim ressumada de presságios num misterioso e róseo alvorecer, e todos os sarcasmos me eram insensíveis. Voltara a ser dono de mim mesmo, embora apenas como escravo e servidor de uma imagem venerada.

Não posso pensar sem certa emoção naquele tempo. Com íntimo e profundo esforço, tentei fazer surgir das ruínas de um período de minha vida um novo "mundo luminoso" e vivi novamente entregue só ao desejo de destroçar em mim a obscuridade e o mal e permanecer em plena luz, de joelhos, diante de meus deuses. Esse novo "mundo luminoso" era, além do mais, de minha própria criação; não uma fuga em direção ao refúgio materno, à segurança irresponsável, mas uma servidão instituída por mim e a que eu próprio me impunha, cheio de responsabilidade e disciplina. A sexualidade, sob cujo império sofria e da qual fugia com infinito esforço, deveria purificar-se nesse fogo e converter-se em devoção e espírito. Não devia subsistir nada que fosse repulsivo ou sombrio: as noites atormentadas, as palpitações diante de imagens obscenas, o espreitar de portas proibidas, a concupiscência. Em lugar de tudo isso, erigi um altar com a imagem de Beatrice e, ao consagrar-me a ela, consagrei-me ao espiritual e a todos os deuses. A parte de minha vida que tive de arrancar às potências sombrias ofereci-a em sacrifício aos poderes luminosos. Meu fim não era o prazer, mas a pureza; não a felicidade, mas a espiritualidade e a beleza.

Esse culto a Beatrice transformou inteiramente minha vida. Ontem um cínico prematuro já era hoje o devoto ministro de um templo, aspirando a ser santo. Não só me afastei da vida desregrada a que me havia habituado como tratei de transformar tudo, até o mais cotidiano – a comida, a linguagem, o vestuário –, em pureza, nobreza e dignidade. Começava de manhã com abluções frias, com que muito custei a acostumar-me. Conduzia-me severa e dignamente e andava ereto e com passo mais lento e cadenciado. Exteriormente, tudo isso poderia parecer um tanto cômico, mas para mim fazia parte de um puro serviço divino.

De todas as novas ocupações em que tive de buscar uma expressão para meu novo estado de espírito, uma chegou a representar extraordinária importância para mim. Achei que a reprodução inglesa da Beatrice não se parecia bastante com a jovem de meus amores e decidi tentar fazer eu mesmo seu retrato.

Com alegria e renovadas esperanças trouxe para o quarto o papel mais bonito que encontrei, tinta e pincéis, e dispus cuidadosamente a palheta, os pratinhos e os lápis. As finas tintas, em seus tubinhos de estanho, que eu tinha comprado, me encantavam. Parece-me ver, até hoje, resplandecendo no branco pratinho de porcelana um verde de cromo intenso e vibrante.

Procedi com prudência. Achando muito difícil pintar desde logo uma cabeça, exercitei antes minhas forças em empresas mais singelas. Pintei motivos decorativos, flores e pequenas paisagens imaginárias, uma árvore ao lado de uma capela, uma ponte romana com ciprestes. Às vezes, me abstraía por completo naquele passatempo, feliz como uma criança com sua caixa de brinquedos. Por último, comecei a pintar Beatrice.

As primeiras tentativas fracassaram redondamente. Quanto mais me esforçava por representar o rosto da moça, a quem eu via de quando em vez na rua, menos conseguia transferir suas feições para o papel. Por fim, renunciei ao intento e comecei a pintar simplesmente um rosto qualquer, seguindo os caprichos da fantasia e as indicações que me nasciam espontaneamente do já iniciado, da cor e do pincel. Surgiu assim um rosto imaginário, mero sonho, que já me satisfez um tanto. Apesar disso, prossegui nos ensaios, e em cada nova folha fui obtendo maior expressão e me aproximando cada vez mais do tipo buscado, embora nunca, é certo, da realidade.

Desse modo, fui-me acostumando cada vez mais a abandonar o pincel aos ditames do sonho, traçando linhas e preenchendo superfícies que não correspondiam a modelo algum, produto inconsciente de tentativas caprichosas. Por fim, um dia, mal me apercebendo, concluí uma figura que me pareceu mais expressiva do que as anteriores. Não era a da jovem, nem mesmo a lembrava. Era algo diverso, irreal, mas não menos valioso. Parecia antes a cabeça de um adolescente do que a de uma jovem; o cabelo não era louro claro como o de Beatrice, mas castanho, com um leve matiz avermelhado; o queixo, enérgico e firme, contrastava com a boca rósea, e o conjunto, um pouco rígido, quase máscara, mostrava-se, contudo, impressionante e cheio de secreta vida.

A contemplação daquela pintura despertou em mim uma impressão singular. Via-se como um ícone ou máscara sagrada, entre masculina e feminina, sem idade, tão voluntariosa quanto sonhadora, tão rígida quanto secretamente viva. Aquele rosto tinha algo a dizer-me, pertencia-me, indagava algo de mim. E se parecia com alguém que eu não conseguia atinar quem era.

Esse retrato passou a acompanhar todos os meus pensamentos e a compartilhar de minha vida. Guardava-o oculto numa caixa de tampo para que ninguém o descobrisse e me criticasse. Mas toda vez que me encontrava só em meu quarto, tirava-o do esconderijo e vivia com ele. Durante a noite, pregava-o com um alfinete na parede fronteira à cama, contemplando-o até que o sono me vencia e ao despertar meu primeiro olhar caía sobre ele.

Precisamente por essa época voltei a sonhar com frequência, como de hábito em menino. Pareceu-me que não havia mais sonhado nem uma só vez durante anos e anos. Agora surgiam de novo, trazendo consigo imagens bem diversas, e o rosto pintado por mim emergia vez por outra entre elas, vivo e falante, benévolo ou hostil, contraído em uma terrível careta ou infinitamente belo, harmonioso e nobre.

Certa manhã, ao despertar de um desses sonhos, reconheci-o de súbito. Olhava-me de maneira profundamente familiar, como se estivesse para chamar-me pelo nome. Parecia conhecer-me desde sempre, qual mãe. Com o coração palpitante, contemplei, por longo tempo, a pintura, os cabelos morenos e espessos, a boca marcadamente feminina, a fronte senhoril, banhada por estranha claridade (reflexo espontâneo que surgiu quando as tintas secaram), e senti que cada instante me aproximava mais do reconhecimento, do reencontro, da identificação vislumbrada.

Saltei da cama, aproximei-me do retrato e pus-me a analisá-lo de perto, cravando meus olhos nos seus muito abertos, esverdeados e fixos, um dos quais, o direito, ficara um tanto mais alto do que o outro. De repente, aquele olho vibrou, palpitou breve e sutilmente, mas de maneira perceptível, e naquele mover de pálpebra identifiquei por fim o retrato...

Como pude custar tanto a reconhecê-lo! Era o rosto de Max Demian.

Mais tarde, comparei várias vezes a pintura com os traços de meu amigo, como os conservava na memória. Não eram, de maneira alguma, os mesmos, mas certamente parecidos. No entanto, fosse como fosse, era Demian.

Numa tarde, no início do verão, o sol entrava oblíquo e rubro em meu quarto, através da janela aberta para o poente. Já ia ficando um pouco escuro. Ocorreu-me, então, segurar o retrato de Beatrice, ou de Demian, de encontro ao vidro, para ver como o resplendor crepuscular o atravessava. O rosto desapareceu, desvanecendo-se os contornos; mas os olhos, aureolados por um fulgor avermelhado, o claro reflexo da fronte e da boca violentamente rubra, ressaltaram, ardentes, com profunda intensidade. Muito tempo permaneci contemplando a gravura, mesmo depois de haver-se extinguido seu fulgor. E pouco a pouco foi se apoderando de mim a sensação de que não era Beatrice tampouco Demian que a gravura representava, e sim a mim mesmo. Não se parecia – e eu sentia que não devia mesmo parecer-se – comigo; mas era o que representava minha vida, meu ser interior, meu destino ou meu demônio. Assim haveria de ser o amigo, se algum dia viesse a encontrar algum. Assim seria minha amante, se viesse a tê-la. Assim seria minha vida e assim seria minha morte; tais eram o som e o ritmo de meu destino.

Por aqueles dias iniciara uma leitura que me impressionou como nenhuma outra antes. Mesmo depois, pouquíssimas vezes vivi tanto um livro; talvez só em Nietzsche. Era um volume de Novális, de cartas e sentenças, muitas das quais não conseguia compreender, mas que, não obstante, me atraíam e envolviam. Uma daquelas sentenças ocorreu-me naquele instante à memória e escrevi-a ao pé do retrato: "Destino e espírito são nomes de um mesmo conceito." Agora eu a compreendia.

Voltei a encontrar várias vezes a moça a quem dera o nome de Beatrice. Já não sentia emoção ao vê-la, mas uma suave simpatia, uma intuição sensível: "Estás ligada a mim, mas não tu mesma, e sim apenas tua imagem; és uma parte de meu destino."

Novamente se apoderou de mim o desejo de encontrar Max Demian. Já fazia anos que não sabia dele. Só uma vez o encontrara, durante as férias. Percebo agora que silenciei nestas anotações aquele breve encontro, e vejo que o fiz para poupar-me uma vergonha e uma ferida em minha vaidade. Repararei agora essa omissão.

Durante umas férias, caminhava eu, à tarde, pelas ruas de minha cidade natal, com a expressão desencantada e sempre um pouco fatigada de minha época de excessos, brandindo uma bengalinha e olhando com descaso as fisionomias envelhecidas, embora sempre iguais, dos desprezíveis burgueses, quando vi aproximar-se em sentido contrário meu amigo. Sua aparição sobressaltou-me enormemente. A imagem de Franz Kromer luziu-me na memória com a rapidez de um relâmpago, e desejei que Demian tivesse esquecido de verdade aquela história. Era-me muito desagradável sentir que lhe devia alguma gratidão. Na verdade, aquilo não passara de uma estripolia de meninos; mas, de todo modo, devia ter-lhe ficado agradecido.

Pareceu esperar para ver se eu queria cumprimentá-lo, e quando o fiz, esforçando-me por mostrar a maior naturalidade possível, ele me estendeu a mão. Era de fato seu aperto de mão! Cálido, firme, distante e, ao mesmo tempo, viril!

Fitou-me atentamente o rosto e disse-me:

– Já estás um homem, Sinclair.

Ele mesmo não havia mudado nada. Achei-o tão maduro ou tão jovem como sempre.

Acompanhou-me e demos um passeio a falar de coisas indiferentes, sem nenhuma referência ao passado. Recordei haver-lhe escrito várias vezes tempos atrás sem obter resposta e desejei também que ele tivesse esquecido aquelas cartas tão simples. Nada me falou a respeito.

Nem Beatrice, nem o retrato existiam nessa época. Ainda me encontrava em pleno período de dissipação. Nos limites da cidade, convidei-o a entrar numa estalagem. Acedeu. Com estúpida fanfarronice, pedi uma garrafa de vinho, enchi os copos, brindei com ele e esvaziei o meu de um só trago, mostrando-me familiarizado com os hábitos estudantis.

– Frequentas muito os cafés? – perguntou-me ele.

– É claro – respondi indolente. – Que mais se pode fazer? Afinal de contas, é o que há de mais divertido.

– Achas? Talvez tenhas razão. Deve haver nisso alguma beleza: a exaltação báquica... Mas acho que as pessoas que vivem o dia todo nas tabernas já perderam por completo essa exaltação. Tudo se transforma num hábito e, a meu ver, dos menos requintados. Uma noite de verdadeira embriaguez e orgia, à luz dos archotes, isso sim!... Mas passar a vida sentado diante de uma mesa, tragando copo após copo, que pode haver nisso? Podes imaginar Fausto por acaso sentado noites e noites em tertúlias de café?

Esvaziei meu copo, dirigindo a Demian um olhar hostil e disse secamente:

– Nem todos podemos ser Fausto.

Demian olhou-me um pouco desconcertado, mas logo se pôs a rir com sua antiga e espontânea superioridade.

– Está bem. Para que vamos discutir? Seja como for, a vida de um ébrio ou de um libertino deve ser provavelmente mais intensa do que a de um burguês exemplar. E, além disso... li-o não sei onde... a vida de libertino é uma das melhores preparações para o misticismo. Sempre são indivíduos como Santo Agostinho que logo se tornam videntes. Também ele começou entregando-se ao prazer.

Cheio de desconfiança, e não querendo deixar-me dominar por Demian, respondi com ar indiferente:

– Cada um que proceda como goste! Quanto a mim, devo confessar que não tenho a menor intenção de chegar a vidente ou coisa que o valha.

Demian lançou-me um olhar penetrante através das pálpebras levemente cerradas.

– Meu caro Sinclair – disse lentamente –, não quis dizer-te nada desagradável. Além disso, nem tu nem eu sabemos com que fim bebes agora. Mas o que constitui em ti o nódulo e a essência de tua vida já o sabes perfeitamente. E sempre é bom termos consciência de que dentro de nós há alguém que tudo sabe, tudo quer e age melhor do que nós mesmos. Mas vais-me desculpar por deixar-te agora. Tenho que voltar para casa.

Despedimo-nos secamente. Eu permaneci na taberna, invadido por sombrio mau humor; acabei de esvaziar a garrafa e ao sair soube que Demian havia pago a conta. Isso aumentou-me a irritação.

Meus pensamentos se detiveram agora nesse pequeno acontecimento. Encheram-se de Demian. E as palavras que me dissera naquela taberna de fim de rua emergiram-me de novo com singular atualidade da memória: "Sempre é bom termos consciência de que dentro de nós há alguém que tudo sabe..."

Contemplei novamente o retrato pendurado à janela, já quase apagado. Mas via brilharem ainda seus olhos. Era o olhar de Demian. O olhar daquele que havia dentro de mim. Do que sabia tudo.

Meu desejo de voltar a encontrar Demian tornava-se cada vez mais ardente. Não tinha nenhuma notícia dele, nem sabia como encontrá-lo. Sabia apenas que, ao terminar os estudos no liceu, deixara a mãe em nossa cidade, provavelmente para ir continuá-los em outro centro superior.

Fui lentamente evocando todas as minhas lembranças de Max Demian, até minha aventura com Franz Kromer. Suas palavras perduravam vivas em mim e estavam ainda entranhadas por um sentido atual e presente. Também surgia agora o que me havia dito em nossa última e infeliz entrevista sobre o libertino e o santo, de maneira nítida, diante de minha alma. Não fora exatamente aquilo o que me sucedera? Não havia vivido na embriaguez e na imundície, na dissipação e na desordem, até que um novo impulso vital despertara em mim exatamente o contrário, a ânsia da pureza e a nostalgia da santidade?

A noite já havia caído enquanto eu continuava absorto nessa evocação. Lá fora a chuva descia mansamente. Também em minhas lembranças eu a ouvia cair. Foi naquele encontro na praça, sob os castanheiros, quando Demian me interrogou sobre minhas relações com Franz Kromer e adivinhou-me os primeiros segredos. Entrelaçando-se, continuaram a emergir as recordações: conversas a caminho da escola, as aulas de religião. Por último, veio-me a lembrança do primeiro encontro com Demian. De que falamos, então? A princípio, não consegui vislumbrá-lo na memória, mas a lenta e absorta evocação acabou por trazê-lo à tona. Após haver-me exposto sua teoria sobre Caim, detivera-se comigo defronte a minha casa e falara das armas esculpidas sobre a soleira e um tanto desgastadas pela ação do tempo. Dissera que tais coisas lhe interessavam e que era sempre bom prestar-lhes atenção.

Quando fui deitar-me, sonhei com Demian e com o escudo do portal. Este mudava constantemente de aspecto. Demian mantinha-o entre as mãos e ele ora aparecia pequeno e esmaecido, ora grande e pintado em cores vivas; mas meu amigo me explicava que, apesar de tudo, era sempre o mesmo e invariável. Por fim, obrigou-me a comê-lo e senti, de súbito, com indizível espanto, que o pássaro heráldico adquiria vida em meu interior e começava a devorar-me as entranhas. Presa de mortal angústia, despertei.

Era noite fechada ainda e a chuva penetrava no quarto pela janela aberta. Levantei-me e fui fechá-la e ao atravessar o quarto pisei em algo que jazia no solo. Quando foi de manhã notei que era minha pintura. Com a umidade, enrugara toda. Deixei-a secar num livro, entre folhas de mata-borrão, e ao fim de alguns dias, quando fui vê-la, encontrei-a em bom estado, mas um tanto modificada. A boca afinara um pouco e já não estava tão vermelha. Agora era exatamente a de Max Demian.

Naquela mesma manhã, comecei um novo desenho, que devia representar o pássaro heráldico. Já não recordava com muita exatidão seu feitio e, além disso, sabia que nem mesmo de perto seria possível perceber-lhe todos os detalhes, desvanecidos que estavam pelo tempo e por sucessivas camadas de pintura. O pássaro pousava sobre algo, uma flor talvez, um cesto, um ninho ou uma copa de árvore. Sem preocupar-me com o que fosse, comecei a pintar aquela parte de que conservava uma ideia mais precisa; e, guiado por indistinto impulso interior, empreguei desde o início as cores mais vivas da palheta, dando à cabeça do pássaro uma tonalidade dourada e ardente. E fui continuando meu capricho, até que ao cabo de alguns dias a pintura estava terminada.

O pássaro, uma ave de rapina, com cabeça de gavião, aguda e valente, aparecia com metade do corpo dentro de uma sombria esfera terrestre, dela surgindo como de um ovo gigantesco sobre um fundo azul celeste. Quanto mais contemplava minha obra mais me parecia ser o escudo de cores vivas que aparecera em meus sonhos.

Mesmo se soubesse o endereço atual de Demian não me seria possível escrever-lhe. Mas guiado por aquela mesma intuição indistinta que na época orientava todos os meus atos, resolvi enviar-lhe meu desenho, chegasse ou não a suas mãos. Sem nada escrever nele, nem mesmo meu nome, cortei-lhe cuidadosamente as margens, comprei um envelope grande e o subscritei para o antigo endereço de meu amigo, em minha cidade natal. Em seguida, expedi-o.

Aproximavam-se os exames e era preciso estudar mais do que nunca. Os professores tinham voltado a olhar-me com bons olhos a partir do momento em que minha conduta se modificara. Eu não chegava a ser, a princípio, um bom aluno; mas ninguém imaginava, nem mesmo eu, que seis meses antes era tida como certa minha expulsão definitiva do colégio.

Papai voltara a escrever-me como a princípio, sem recriminações nem ameaças. Porém, quanto a mim, não sentia nenhum desejo de explicar a quem quer que fosse como aquela transformação se operara. Coincidia por mera casualidade com os desejos de meus pais e professores. Não me levava ao encontro dos demais, não me aproximava de ninguém; tornava-me muito mais solitário. Tendia para um ponto ignorado, para Demian, para um destino longínquo. Eu mesmo não sabia para onde; só que estava na corrente e me abandonava a ela. Começara com Beatrice; mas já fazia algum tempo que eu vivia com meus desenhos e com as lembranças de Demian num mundo tão irreal que ela acabou por desaparecer completamente de meus olhos e de meu pensamento. A ninguém poderia dizer qualquer palavra a respeito de meus sonhos, de minhas esperanças, nem de minha transformação interior, mesmo que quisesse fazê-lo.

Mas como poderia querê-lo?

# 5
# "A ave sai do ovo"

A ave de meu sonho seguiria em busca do amigo, quando, como por magia, chegou-me uma resposta.

Na sala de aula, sobre a carteira, encontrei, durante o intervalo entre duas lições, um bilhete metido entre as páginas de um livro. Estava dobrado da forma convencional usada entre os alunos quando queriam comunicar-se durante a aula. Fiquei surpreso apesar de tudo, sem saber quem me escreveria, pois não tinha por hábito manter aquele gênero de comunicação com qualquer de meus colegas. Imaginei que fosse um convite para alguma brincadeira escolar, da qual não participaria, e por isso deixei o bilhete no livro, sem o ler.

Mas logo, durante a aula, voltou a cair-me entre as mãos. Brincando com o papel, desdobrei-o inconscientemente e encontrei algumas palavras escritas. Lancei-lhe uma olhada distraída e fiquei preso a uma palavra, assustado e tolhido, enquanto meu coração se contraía ante o destino, invadido por súbita algidez:

"A ave sai do ovo. O ovo é o mundo. Quem quiser nascer tem que destruir um mundo. A ave voa para Deus. E o deus se chama Abraxas."

Após ler essas linhas várias vezes, caí em profunda meditação. Não havia dúvida: era a resposta de Demian. Ninguém mais sabia nada sobre o pássaro, somente ele e eu. Decerto recebera o desenho. Tinha-o compreendido e me ajudava a interpretá-lo. Mas que relação guardava tudo aquilo entre si? E, mais que tudo, quem seria aquele misterioso Abraxas? Não me lembrava haver lido ou ouvido jamais essa palavra. "O deus se chama Abraxas!"

A aula passou sem que chegasse a mim uma única palavra das explicações do professor. Logo começou a seguinte, última da parte da manhã. Essa aula final era lecionada por um professor auxiliar, muito jovem, recém-saído da universidade, o Dr. Follens, o qual despertava nossa simpatia por sua juventude e por não assumir em relação a nós nenhum ar de superioridade.

Naquele curso, líamos, sob sua orientação, as obras de Heródoto. Tal leitura era uma das poucas tarefas escolares que conseguira interessar-me. Contudo, naquele dia nem mesmo isso me atraía a atenção. Abrira maquinalmente o livro, mas não acompanhava a tradução e permanecia absorto em minhas reflexões. Ademais, já comprovara, inúmeras vezes, a exatidão do que me dissera um dia Demian na aula de religião. Quando se quer algo verdadeiramente e com suficiente força, acaba-se por consegui-lo sempre. Quando, durante a aula, me abstraía profunda e intensamente em meus próprios pensamentos, podia estar certo de que o professor me deixaria em paz, coisa que não ocorria quando estava simplesmente distraído ou sonolento. Mas quando nos abstraíamos realmente em nossas ideias, quando pensávamos de verdade, então estávamos protegidos. Também já havia experimentado e comprovado o poder do olhar. Antes, nos tempos de Demian, não conseguia obter qualquer resultado; mas agora já sabia, por experiência própria, que com o olhar e o pensamento podia-se obter muita coisa.

Permanecia, pois, imerso assim em meditações, ausente de Heródoto e do colégio, quando, de repente, a voz do professor penetrou como um raio até meu consciente, fazendo-me voltar sobressaltado à realidade. Ouvi-lhe a voz, percebi que se achava junto a mim e cheguei a pensar mesmo que havia pronunciado meu nome. Mas não me olhava. Respirei.

Nisso, voltei a ouvi-lo. Pronunciara a palavra: "Abraxas".

Dando continuidade a uma explicação, cujo princípio me escapara, Dr. Follens dizia: "Quanto às doutrinas daquelas seitas e comunidades místicas da antiguidade, não devemos supô-las tão simples e ingênuas quanto nos parecem do ponto de vista estritamente racionalista. A antiguidade não possuía uma ciência em nosso sentido atual, mas, por sua vez, estruturava uma profunda elaboração mental de toda uma série de verdades filosóficas e místicas. Daí surgiu, em parte, a magia, que, desde o início, deu lugar, com frequência, à impostura e ao crime. Mas a magia também tinha origem nobre e implicava ideias bastante profundas. Como a doutrina de Abraxas, que antes mencionei como exemplo. Esse nome aparece citado em várias fórmulas mágicas da antiga Grécia e imagina-se que tenha sido um espírito maligno como os que ainda são temidos e conjurados entre os povos selvagens. Contudo, outras hipóteses atribuem a Abraxas importância ainda maior, vendo nele uma divindade dotada da função simbólica de reunir em si o divino e o demoníaco."

O jovem erudito continuou diligente em sua explicação, que a classe seguia não muito atenta, e como o nome de Abraxas não voltasse a figurar, também minha atenção retornou a meus pensamentos.

"Reunir o divino e o demoníaco." Essas palavras ressoavam ainda em mim. A elas juntei então minhas reflexões. Já eram familiares desde meus diálogos com Demian nos últimos tempos de nossa amizade. Demian afirmara, por aquela época, que o Deus a que rendíamos culto representava apenas a metade do mundo, arbitrariamente dissociada (o mundo oficial e permitido, o mundo "luminoso"), e assim, para podermos adorar o mundo em sua totalidade, como era necessário, forçoso era buscar um deus que fosse, ao mesmo tempo, demônio, ou estabelecermos, junto ao culto divino, também um culto demoníaco. E agora surgia Abraxas como a divindade síntese de deus e de demônio.

Durante longos dias tentei inutilmente seguir aquela pista. Sem resultado algum, revolvi toda a biblioteca em busca de Abraxas. Minha natureza nunca se adaptara a essa classe de investigação direta e consciente, em que a gente, a princípio, só procura verdades com as quais nada sabemos o que fazer.

A imagem de Beatrice, que tão plena e fundamente ocupara meu espírito durante tanto tempo, desvaneceu-se pouco a pouco na sombra, ou melhor, despediu-se lentamente de mim, demandando, passo a passo, o horizonte, cada vez mais esmaecida, pálida e distante. Já não bastava a minha alma.

Em minha estranha existência de sonâmbulo, enclausurado em mim mesmo, iniciou-se nova floração. Brotou em mim a nostalgia da vida, a ânsia do amor e o instinto sexual, desfeitos por algum tempo na adoração a Beatrice, ora reclamando novas imagens e novos objetivos. Mas tais desejos continuavam sem encontrar concretização, e também não me era absolutamente possível enganar mais meus anseios e esperar algo das jovens junto às quais meus colegas procuravam a felicidade. Comecei a sonhar de novo intensamente, e mais durante o dia que de noite. A cada instante, emergiam em mim ideias, imagens ou desejos que me distanciavam do mundo exterior, e desse modo cheguei a viver e a tratar mais realmente com tais sonhos e sombras do que com aquilo que a realidade autêntica me oferecia.

Houve certo sonho, uma fantasia, que, por se repetir constantemente, chegou a adquirir para mim máxima significação. Tal sonho, o mais importante e tenaz de toda a minha vida, era, mais ou menos, o seguinte: eu regressava ao lar paterno – sobre a soleira resplandecia o pássaro heráldico, amarelo sobre fundo azul – e mamãe saía de casa a meu encontro; mas quando eu chegava e me dispunha a abraçá-la, já não era ela, e sim uma figura nunca vista, alta e majestosa, parecida com Max Demian e com meu primeiro desenho e ao mesmo tempo diversa, e, apesar de sua arrogância, completamente feminina. Essa figura puxava-me para si e me apertava num abraço profundo, amoroso e ardente, que me provocava delícia e espanto, que era um culto divino e ao mesmo tempo um delito. A figura que assim me enlaçava me lembrava muito minha mãe e ao mesmo tempo Max Demian. Às vezes, despertava desse sonho embebido de felicidade, outras vezes, experimentando uma angústia mortal e um remorso, como se acabasse de cometer um terrível pecado.

Só muito lentamente é que fui estabelecendo, de modo inconsciente, uma ligação entre essa imagem puramente interior e a indicação que me chegara de fora sobre o deus que devia ser buscado. Mas o enlace foi-se fazendo cada vez mais íntimo e estreito que comecei a sentir que aquele sonho invocava precisamente Abraxas. Delícias e espanto, homem e mulher associados, o mais puro e o mais nefando confundidos, funda culpa palpitando sob a mais terna inocência: assim era meu sonho de amor e assim era Abraxas. O amor não era um obscuro instinto animal, como a princípio o havia suposto; tampouco era a piedosa adoração espiritual, como a que consagrara à imagem de Beatrice. Eram ambas as coisas, ambas e muitas outras mais: era anjo e demônio, homem e mulher em um, ser e fera, sumo bem e profundo mal. Eu o desejava e o temia; mas estava sempre presente, sempre superior a mim.

Na primavera seguinte, devia deixar o liceu para continuar meus estudos em outro educandário, não sabia onde ainda. Um bigode incipiente cobria-me o lábio superior; era já um homem e, contudo, permanecia completamente inerme e sem objetivos. Fixo em mim só havia uma coisa: minha voz interior e a imagem de meu sonho. Sentia o dever de seguir cegamente aquele guia. Mas era-me sobremodo difícil e todos os dias me rebelava contra ele. Às vezes, pensava estar louco ou não ser como as demais criaturas. Mas, por outro lado, podia fazer tudo o que elas faziam. Com um pouco de aplicação e de trabalho, podia ler Platão, resolver problemas trigonométricos e acompanhar uma análise química. Só uma coisa me era impossível: arrancar de meu interior aquele objetivo oculto e sombrio e projetá-lo para fora de mim, em qualquer direção, como faziam aqueles que tinham a certeza de querer ser professores ou juízes, médicos ou artistas, e sabiam quando chegariam a sê-lo e que vantagens isso lhes traria. Para mim era impossível. Talvez chegasse um dia a ser algo semelhante, mas como poderia sabê-lo agora? Talvez tivesse que buscar e rebuscar o caminho durante anos a fio e não chegar a ser nada nem alcançar qualquer objetivo. E talvez atingisse um fim, mas algum fim perverso, perigoso e temível.

Queria apenas tentar viver aquilo que brotava espontaneamente de mim. Por que isso me era tão difícil?

Várias tentativas de pintar a poderosa figura amada de meus sonhos fracassaram por completo. Se o conseguisse, enviaria a Demian a gravura. Onde se encontraria? Ignorava-o. Só sabia que entre nós perdurava um vínculo. Quando tornaria a vê-lo?

A amável tranquilidade daqueles meses da época de Beatrice há muito se desvanecera. Achava então que havia encontrado a paz numa ilha encantada. Mas era sempre assim: mal uma situação chegava a agradar-me ou algum sonho me fazia bem, logo perdiam seu encantamento e seu poder, sendo inútil tentar-lhes a renovação. Vivia agora num contínuo ardor de anseios não realizados, numa espera incessante e tensa que chegava amiúde a enlouquecer-me. A imagem amada de meus sonhos surgia com frequência diante de mim, mais clara e precisa do que se fosse um ser real; via-a mais nitidamente do que via minhas mãos, chorava diante dela e a maldizia. Chamava-a de mãe e me ajoelhava a seus pés; chamava-a amor e antefruía seu beijo maduro e saciante; chamava-a demônio e prostituta, vampiro e assassino. Inspirava-me ternos sonhos de amor e devassidões obscenas; para ela nada era bom ou precioso demais nem demasiadamente mau e baixo.

Durante todo aquele inverno vivi numa tempestade interior que me é difícil descrever. Já habituado à solidão, esta não me pesava, e vivia com Demian, com o gavião simbólico e com aquela imagem de meus sonhos, que era minha amada e meu destino. Isso era o bastante para minha vida, pois tudo aquilo era grande e vasto e tudo se encaminhava para Abraxas. Mas nenhum desses sonhos, nenhum de meus pensamentos me obedecia; não me era possível invocá-los nem dar-lhes cor a bel-prazer. Vinham e apoderavam-se de mim; era dominado por eles, era por eles vivido.

Mas contra o mundo exterior estava protegido. Ninguém me inspirava medo. Meus colegas haviam percebido isso e demonstravam por mim oculto respeito que, às vezes, me fazia rir. Bastava querer para penetrar-lhes os mais íntimos pensamentos, deixando-os assombrados. Mas quase nunca o queria ou só raras vezes. Estava sempre ocupado comigo, sempre comigo mesmo. Meu maior desejo era viver, por fim, um pouco, dar algo de mim ao mundo exterior, entrar em contato e em luta com ele. Algumas vezes, vagando à noite pelas ruas, sem que me permitisse, devido à inquietação, voltar para casa senão de madrugada, pensava que minha amada já não podia custar a vir a meu encontro e que a encontraria ao dobrar a esquina ou que a ouviria chamar-me da próxima janela. Outras vezes, parecia-me cruelmente intolerável tudo isso e imaginava ter que desertar da vida.

Por esses dias, o "acaso", conforme se diz, conduziu-me a um estranho refúgio. Mas o acaso não existe. Quando alguém encontra algo de que verdadeiramente necessita, não é o acaso que tal proporciona, mas a própria pessoa; seu próprio desejo e sua própria necessidade a conduzem a isso.

Em minhas andanças pela cidade, ouvira uma ou outra vez, ao passar diante de uma capela das imediações, o som de um órgão, sem que me detivesse nunca a escutá-lo. Mas ao ouvi-lo em outra ocasião, quando voltei a passar por aquele lugar, parei para prestar-lhe atenção e reconheci um coral de Bach. Aproximei-me da porta da capela, encontrei-a fechada, e, como passasse pouca gente por aquela ruazinha, sentei-me num marco da porta, fechei a gola do casaco e pus-me a escutar. O órgão, embora não muito potente, era bom e o organista tocava maravilhosamente, com uma personalíssima expressão de vontade e tenacidade, que soava como uma prece. Tive a impressão de que o homem sentado junto ao teclado sabia encerrar aquela música um tesouro e se esforçava por trazê-lo à luz, como se fosse a própria vida. Tecnicamente, não entendo muito de música; mas desde criança podia compreender, por instinto, essa expressão da alma e sentia em mim o gosto musical como algo natural e inato.

O músico tocou em seguida uma obra moderna, creio que algo de Reger. A capela já estava quase às escuras, só um vago resplendor se filtrava através de uma das janelas. Esperei que a música terminasse e fui logo postar-me diante da capela para ver sair o organista. Era um homem jovem ainda, porém mais velho do que eu, de figura robusta e bem-fornida, andando depressa e com passo firme e quase automático.

Depois disso voltei à capela em várias outras tardes, sentando-me junto à entrada ou passeando defronte à fachada. Certa vez, encontrei a porta aberta e permaneci meia hora no interior solitário e frio, enquanto o organista tocava lá em cima, à plácida luz de um bico de gás. Na música que tocava eu não ouvia só ele. Parecia-me também que todas as peças executadas eram afins entre si, que todas elas estavam entremeadas numa secreta conexão. Tudo o que tocava era fiel, era fervente e piedoso; piedoso não como os beatos e clérigos, mas como os peregrinos e mendigos da Idade Média; piedoso como uma entrega plena a um sentimento do mundo, superior a todas as confissões. Os musicistas anteriores a Bach e os antigos italianos eram interpretados com perícia. E todos diziam o mesmo, e todos diziam aquilo que o organista também trazia em sua alma: nostalgia, íntima apreensão do mundo e violenta separação dele, tensa atenção ardente aos movimentos da própria alma sombria, fervorosa entrega e profunda curiosidade pelo maravilhoso.

Uma tarde, segui dissimuladamente o organista, ao sair da capela, e o vi entrar numa taberna das imediações. Não pude conter-me e entrei depois dele. Pela primeira vez, pude observá-lo à vontade. Estava sentado a um canto, diante de um jarro de vinho, e conservava o chapéu de feltro negro e abas largas na cabeça. O rosto era tal qual o havia imaginado: feio e violento, inquisidor e obstinado, firme e voluntarioso, mas ao mesmo tempo, no lado da boca, suave e infantil. A virilidade e a força se concentravam nos olhos e na fronte, enquanto a parte baixa do rosto era terna, como que inacabada, imprecisa e débil. A barba, adolescente e indecisa, contrastava com a fronte e o olhar. O que mais me agradava eram os olhos, cheios de orgulho e de hostilidade.

Silenciosamente fui sentar-me a uma mesa diante da sua. Não havia ninguém mais na taberna. Ao dar com minha presença, olhou-me irritado, como se quisesse expulsar-me dali. Mas sustentei o olhar, até fazê-lo exclamar em tom rude:

– Por que estás me olhando desse modo? Queres algo de mim?

– Não, nada – respondi-lhe. – Ainda assim, o senhor já me deu muito.

Franziu a testa.

– Ah! És amante da música? Acho uma tolice o amor pela música.

Sem deixar-me intimidar, repliquei:

– Tenho ouvido o senhor tocar muitas vezes na capela vizinha. Mas não desejo incomodá-lo. Pensava encontrar no senhor algo, algo especial, não sei bem o quê. Mas o senhor não precisa importar-se comigo. Posso continuar ouvindo-o na capela.

– Fecho sempre a porta.

– Ainda há pouco o senhor se esqueceu, e estive lá dentro ouvindo-o tocar. Às vezes, fico do lado de fora, sentado junto à porta.

– Ah, é? Da próxima vez podes entrar. Basta chamar-me à porta. Mas com força e quando eu não estiver tocando. Agora vamos... dize-me o que querias. És muito jovem; provavelmente, um colegial ou universitário. Estudas música?

– Não. Gosto de ouvi-la; mas só como esta que o senhor toca, música totalmente incondicionada, na qual se sente que o homem conjura o céu e o inferno. Creio que a música me agrada por sua completa ausência de moralidade. Todo o resto é moral, e procuro algo que não o seja. A moral nunca me trouxe nada que não fosse doloroso. Mas não consigo expressar-me corretamente... O senhor, decerto, sabe que deve haver um deus que seja deus e demônio ao mesmo tempo? Já me disseram que houve um.

O músico ergueu um pouco o largo chapéu para trás e ajeitou os negros cabelos que lhe caíam sobre a ampla testa. Em seguida, olhou-me de maneira penetrante e inclinou o rosto para mim, por sobre a mesa.

Em voz baixa e vibrante perguntou:

– Como se chama esse deus de que falas?

– Não é muito o que sei a respeito; na verdade, sei-lhe apenas o nome. Chama-se Abraxas.

O organista olhou desconfiado em redor, como se alguém pudesse espiar-nos. Então aproximou-se mais de mim e murmurou:

– Já o imaginava. E tu, quem és?

– Sou um aluno do liceu.

– Como foi que soubeste de Abraxas?

– Por acaso.

Deu um murro tão forte na mesa que o vinho chegou a saltar do copo.

– Por acaso! Não digas bobagens, meu jovem. Nunca se chega a saber de Abraxas por acaso, saibas disso. Eu te direi algo mais sobre ele. Sei um pouco a esse respeito.

Calou-se e voltou a afastar a cadeira. Ao ver que o fitava ansioso por ouvir suas revelações, fez um gesto negativo.

– Não, aqui não. Fica para outra vez... Vamos, toma aí.

Então, metendo a mão no bolso do casaco que trazia vestido, tirou um par de castanhas assadas e as estendeu.

Aceitei-as e comi em silêncio, mostrando-me satisfeito.

– Vamos ver – murmurou ao fim de um instante. – Como soubeste a respeito de... dele?

Não vacilei em contar-lhe:

– Foi numa época em que me sentia solitário e perplexo. Lembrei-me então de um amigo meu de há muitos anos, que sabe de muitas coisas, pelo menos é o que suponho. Eu havia desenhado um pássaro saindo de uma esfera terrestre. Resolvi enviar-lhe o desenho. Algum tempo depois, quando já não esperava resposta, chegou a minhas mãos um papel com as seguintes palavras: "A ave sai do ovo. O ovo é o mundo. Quem quiser nascer tem que destruir um mundo. A ave voa para Deus. O deus se chama Abraxas."

Sem responder-me nada, o musicista continuou descascando as castanhas e bebendo seu vinho.

– Vamos tomar outra jarra? – perguntou.

– Não, obrigado. Não sou muito de beber.

Riu-se, embora um tanto desengraçado.

– Está bem! Já comigo é o contrário e ainda vou ficar por aqui um pouco. Se quiseres, podes ir agora.

Na vez seguinte em que fui encontrá-lo na capela, não se mostrou nada comunicativo. Conduziu-me por uma rua antiga e solitária a um velho casarão, de aspecto bem-cuidado, e, pelo interior, até um quarto espaçoso, apesar de um tanto sombrio e desarrumado, no qual, com exceção de um cravo, nada lembrava a música, enquanto uma grande estante de livros e uma ampla mesa de escrever lhe davam aspecto erudito.

– Quantos livros o senhor tem! – exclamei, admirado.

– Parte deles pertence à biblioteca de meu pai, com quem moro... Sim, moro aqui com meus pais; mas não posso apresentar-te a eles, porque minha presença não é muito agradável nesta casa. Fiques sabendo que sou um filho transviado. Meu pai é um homem extraordinariamente conceituado, um dos pastores e predicantes mais conhecidos da cidade. E para que saibas toda a história, devo dizer-te que sou o senhor seu filho, pessoa muito inteligente e que prometia muito, mas que se desgarrou do bom caminho e está um pouco desregulado do juízo. Estudava teologia e um pouco antes do término do curso abandonei a tão respeitável faculdade. De certo modo, continuei seguindo a carreira no que diz respeito a meus estudos particulares. Sempre me interessou muito e sempre me pareceu muito importante saber que deuses foram sendo criados pelos povos. Além disso, agora sou músico e, tudo indica, estou prestes a obter um modesto lugar de organista. Desse modo, voltarei, seja como for, a pertencer à Igreja.

À frouxa luz de uma pequena lâmpada de mesa, deitei uma olhada à estante de livros e pude ver títulos em grego, latim e hebraico. Enquanto isso, meu conhecido se havia agachado junto à parede, sem que eu pudesse ver o que fazia ali, meio às escuras. Ao cabo de um instante chamou-me:

– Vem cá. Vamos praticar um pouco de filosofia, ou seja, calar a boca, deitar-nos sobre o ventre e pensar.

Acendeu um fósforo e ateou fogo ao papel e à lenha que estavam na lareira junto à qual se encontrava e que eu não notara até então. A chama elevou-se, alta, e ele atiçou e alimentou o fogo com extremo cuidado. Cheguei-me para o lado dele e cravei também os olhos no fogo. Durante cerca de uma hora, permanecemos em silêncio, deitados sobre o ventre, diante dos lenhos crepitantes, e o vimos arder retorcendo-se e extinguindo-se, estalando e palpitando até desvanecerem-se num ardente braseiro silencioso.

– A adoração do fogo não foi das coisas mais idiotas que se tem inventado – murmurou entre dentes meu acompanhante.

A não ser isso, nenhum de nós pronunciou qualquer palavra. Com os olhos fitos no fogo, afundado no sonho e no silêncio, via figuras na fumaça e formas na cinza. Num momento, fiquei surpreso. Meu companheiro havia atirado ao fogo um pedaço de resina, do qual surgiu uma breve chama esbelta, na qual imaginei ver o pássaro de meu desenho, com sua amarela cabeça de gavião. Na brasa, surgiam dourados fios ardentes que formavam caprichosas redes e nas quais apareciam letras e figuras, recordações de rostos, de animais, de plantas, de vermes e serpentes. Quando despertei de minha contemplação e voltei a vista, meu companheiro fitava a cinza ainda com fanática fixidez.

– Preciso ir-me – disse em voz baixa.

– Está bem. Vá. Até a vista.

Não se levantou e como a lâmpada se havia apagado, tive que andar com dificuldade, às apalpadelas, até encontrar a saída do velho casarão. Ao chegar à rua, examinei-lhe a fachada. Nenhuma das janelas deixava escapar o mais leve brilho. Uma pequena placa de latão luzia no portal, à luz de um lampião da rua. "Pistórius, pároco", foi o que li.

Somente ao voltar para casa e entrar em meu quarto, após a ceia, foi que percebi não haver nada averiguado sobre Abraxas nem muito menos sobre o próprio Pistórius, com o qual, na realidade, só havia trocado umas poucas palavras. Mas me sentia muito satisfeito com aquela visita. E para a próxima vez ele havia prometido tocar para mim uma requintada e antiga peça para órgão, uma passacale de Buxtehude.

Sem que eu soubesse, o organista Pistórius me dera uma primeira lição enquanto estávamos ambos reclinados no chão, diante da lareira de seu triste quarto de eremita. A contemplação do fogo me fizera bem, confirmara e fortificara em mim a tendência que sempre trouxera em meu interior, mas que jamais buscara estimular. Pouco a pouco, fui apreciando-as, fragmentariamente, com maior nitidez.

Desde criança, sempre me agradava contemplar as formas estranhas da natureza, não como observador que investiga, mas abandonando-me apenas a seu encanto peculiar, a sua profunda e complexa linguagem. As longas raízes das árvores, os veios coloridos das pedras, as manchas de óleo sobrenadando na água, as fendas dos cristais, todas as coisas desse gênero tiveram, desde muito, para mim, um singular encanto, como também a água e o fogo, a fumaça, as nuvens, o pó, e, sobretudo, as luminosas máculas que via mover-se ao fechar os olhos. Nos dias seguintes a minha visita a Pistórius, tudo aquilo começou a atrair-me de novo, pois percebi que certa sensação de alegria e de força, surgida em mim após aquela tarde, uma intensificação da consciência de mim mesmo, era devida inteiramente à longa contemplação do fogo, benéfica e enriquecedora.

Às escassas afirmações amadurecidas em mim até então na demanda do verdadeiro fim de minha vida veio agregar-se agora esta: a contemplação dessas criaturas, o abandono às formas irracionais, singulares e retorcidas da Natureza, despertam em nós um sentimento de consciência de nosso interior com a vontade que as fez nascer e acabam por parecer-nos criações próprias, obras de nosso capricho; vemos tremer e dissolver-se as fronteiras entre nós e a Natureza e conhecemos um novo estado de ânimo em que já não sabemos se as imagens refletidas em nossa retina procedem de impressões exteriores ou interiores. Nenhuma outra prática nos revela tão singelamente quanto essa, até que ponto também somos criadores e como nossa alma participa sempre de uma contínua criação do mundo. A mesma divindade indivisível atua sobre nós e a Natureza, e se o mundo exterior desaparecesse, qualquer um de nós seria capaz de reconstruí-lo, pois a montanha e o rio, a árvore e a folha, a raiz e a flor, todas as criaturas da Natureza estão previamente criadas em nós mesmos, provêm de nossa alma, cuja essência é a eternidade, essência que escapa a nosso conhecimento mas que se faz sentir em nós como força amorosa e criadora.

Só muitos anos depois fui confirmar essa observação em um livro, um tratado de Leonardo da Vinci, no qual fala como é sugestivo e atraente contemplar-se uma parede que tenha sido cuspida por muita gente. Diante daquelas manchas da parede úmida, Leonardo sentia o mesmo que Pistórius e eu diante do fogo.

Em nossa entrevista subsequente, deu-me o organista a seguinte explicação:

– Sempre achamos que são demasiadamente estreitos os limites de nossa personalidade! Atribuímos a nossa pessoa somente aquilo que distinguimos como individual e divergente. Mas cada um de nós é um ser total do mundo, e da mesma forma como o corpo integra toda a trajetória da evolução, remontando ao peixe e mesmo a antes, levamos, em nossa alma, tudo o quanto, desde o princípio, está vivendo na alma dos homens. Todos os deuses e todos os demônios que já existiram, quer entre os gregos, os chineses ou os cafres, todos estão conosco, todos estão presentes, como possibilidades, desejos ou caminhos. Se toda a humanidade perecesse, com exceção de uma só criança medianamente dotada, esse menino sobrevivente tornaria a encontrar o curso das coisas e poderia criar tudo de novo: deuses, demônios e paraísos, mandamentos e proibições, antigos e novos testamentos.

– Pois bem – objetei-lhe. – Mas que fim leva o valor do indivíduo? Para que aspiramos a algo se já temos tudo concluído em nós mesmos?

– Alto lá! – exclamou Pistórius, com força. – Há muita diferença entre levarmos simplesmente o mundo em nós mesmos e conhecê-lo. Um louco pode expor ideias que lembrem às de Platão e um colegial devoto pode criar em sua imaginação profundas conexões mitológicas que aparecem nas doutrinas dos gnósticos ou de Zoroastro. Mas sem sabê-lo! E enquanto não sabe, é uma árvore ou uma pedra, ou quando muito um animalzinho. Não creio que se possam considerar homens todos esses bípedes que caminham pelas ruas, simplesmente porque andam eretos ou levem nove meses para vir à luz. Sabes muito bem que muitos deles não passam de peixes ou de ovelhas, vermes ou sanguessugas, formigas ou vespas. Todos eles revelam possibilidades de chegar a ser homens, mas só quando vislumbram e aprendem a levá-las em parte à sua consciência é que se pode dizer que possuem uma...

Nossos diálogos eram sempre desse gênero. Raras vezes traziam algo de novo, algo que fosse de todo surpreendente. Mas todos eles, até os mais ingênuos, feriam em mim, com suave martelar incessante, o mesmo ponto interior; todos me ajudavam a construir algo, a desprender-me de uma pele gasta, a romper uma casca e, após cada um deles, minha fronte se erguia mais alta e livre, até que a bela cabeça aquilina de meu dourado pássaro surgiu entre os fragmentos cascáreos do mundo.

Às vezes, contávamos um para o outro nossos sonhos. Pistórius sabia interpretá-los. Recordo agora um deles, para o qual encontrou uma explicação singular. Sonhei que estava voando, mas não por faculdade própria, e sim lançado através dos ares por impulso violento que não podia dominar. A sensação desse voo, deliciosa a princípio, não tardou em transformar-se em medo ao ver-me disparado a alturas vertiginosas. Aí descobria, satisfeito, que podia regular a ascensão e a descida, conforme retivesse ou deixasse escapar o hálito.

Sobre isso disse Pistórius: "O impulso que te faz voar é nosso grande patrimônio humano, comum a todos. É o sentimento de relação com as raízes de todas as forças. Mas tememos abandonarmo-nos a ele. É tão perigoso! Por isso, quase todos renunciam de bom grado a voar e preferem caminhar, pela escala burguesa, apoiados nos preceitos legais. Tu, não. Tu continuas voando corajosamente. E, súbito, descobres algo maravilhoso: percebes que, pouco a pouco, te vais assenhoreando do impulso e que, junto com a magna força geral que te arrasta, há outra força minúscula e sutil que te é própria: um órgão e um timão. Sem ela vaguearias ao acaso pelos ares, como acontece, por exemplo, com os loucos. Eles têm vislumbres mais profundos que os da escala burguesa; mas não possuem a chave, carecem de um timão que lhes permita marcar o rumo e flutuam à deriva nos espaços. Mas tu, não, Sinclair; tu consegues por meio de um órgão novo, de um regulador respiratório. E agora podes ver quão pouco 'pessoal' é tua alma em seus estratos mais profundos. Tal regulador não é, nem de leve, uma invenção tua! Também não é novidade! Já existe há milênios inteiros! É o órgão de equilíbrio dos peixes, a bexiga natatória. Ainda existem hoje algumas espécies de peixes, estranhas e conservadoras, nas quais a bexiga natatória é, ao mesmo tempo, uma espécie de pulmão que, em determinadas circunstâncias, serve efetivamente para respirar. Exatamente da mesma forma como utilizas no sonho os pulmões para regular teu voo."

Tirou da estante um livro de zoologia e me mostrou os nomes e as figuras daqueles peixes primitivos. Com estranho arrepio, senti viver em mim uma função de primitivas épocas evolutivas.

# 6
# A luta de Jacó

Não me é possível resumir aqui tudo o que o singular organista me revelou a respeito de Abraxas. Além do mais, o que aprendi com ele de realmente importante foi dar um novo passo em direção a mim mesmo. Nessa época, quando tinha meus 18 anos, era um moço pouco vulgar, precocemente amadurecido em muitas coisas, mas retardado e inerme ainda em outras mais. Quando me comparava com os demais, sentia-me, muitas vezes, orgulhoso e satisfeito comigo mesmo e, em outras tantas, deprimido e humilhado. Ora me acreditava um verdadeiro gênio, ora fraco do juízo. Não me era possível compartilhar a vida e as alegrias dos outros rapazes de minha idade, e às vezes reprovava asperamente meu isolamento e sentia profunda tristeza, crendo-me definitivamente afastado de todos os meus semelhantes, com todas as portas da vida irrevogavelmente fechadas para mim.

Pistórius, que por sua vez era bastante excêntrico, ensinou-me a conservar a coragem e a estima por mim mesmo, e serviu-me de exemplo, achando sempre algo valioso em minhas palavras e sonhos, em minhas fantasias e ideias, levando sempre a sério tudo aquilo e discutindo-o gravemente.

– Afirmaste, certa vez – disse-me um dia – que a música te agradava por ser totalmente destituída de moralidade. Está certo. Mas o que importa é que também tu não sejas moralista.

Não há por que te comparares com os demais, e se a natureza te criou para morcego, não deves aspirar a ser avestruz. Às vezes, te consideras por demais esquisito e te reprovas por seguires caminhos diversos dos da maioria. Deixa-te disso. Contempla o fogo, as nuvens e quando surgirem presságios e as vozes soarem em tua alma abandona-te a elas sem perguntares se isso convém ou é do gosto do senhor teu pai ou do professor ou de algum bom deus qualquer. Com isso só conseguimos perder-nos, entrar na escala burguesa e fossilizar-nos. Meu caro Sinclair, nosso deus se chama Abraxas e é deus e demônio ao mesmo tempo; sintetiza em si o mundo luminoso e o obscuro. Abraxas nada tem a opor a qualquer de teus pensamentos e a qualquer de teus sonhos. Não te esqueças disso. Mas abandonar-te-á quando chegares a ser normal ou irrepreensível. Abandonar-te-á em busca de outro cadinho onde possa cozer seus pensamentos.

De todos os meus sonhos, o obscuro sonho de amor era o mais fiel. Sonhava-o vez por outra, via-me entrando em casa, em cuja porta brilhavam as vivas cores do pássaro heráldico, e ao estender à minha mãe os braços, estreitava entre eles o corpo arrogante daquela outra mulher estranha, meio máscula e meio maternal, que me inspirava medo e desejo ao mesmo tempo. Essa foi a única de minhas intimidades que nunca cheguei a revelar a meu amigo. Era meu espaço secreto e meu refúgio.

Quando me sentia triste, pedia a Pistórius que tocasse para mim a passacale de Buxtehude. Sentado na sombria capela crepuscular, perdia-me naquela música estranha e íntima, ensimesmada e como absorta em seus próprios sons, que sempre me faziam bem e me predispunham a dar razão às vozes de minha alma.

Muitas tardes, quando já se haviam extinguido os acordes do órgão, permanecíamos ainda um bom tempo na capela, vendo o dia morrer através das altas janelas ogivais.

– Pode parecer estranho agora – disse Pistórius – que tenha sido estudante de teologia e estivesse mesmo a ponto de fazer-me pastor. Na verdade, meu erro foi puramente formal.

Minha vocação é eminentemente sacerdotal. Ocorre que me senti satisfeito demasiadamente cedo e me coloquei à disposição de Jeová antes de conhecer Abraxas. Mas toda religião é bela. Toda religião é alma, seja tomando a comunhão cristã, seja indo em peregrinação a Meca.

– Então – opinei – o senhor poderia perfeitamente ter-se feito pastor.

– Não, Sinclair, não. Teria que mentir. Nossa religião é praticada como se não o fosse. Apresentam-na como um produto da razão. Em último caso, talvez pudesse ter sido sacerdote católico, mas protestante, nunca! Os poucos e verdadeiros crentes... conheço uns dois ou três... atêm-se à letra e não me teria sido possível dizer-lhes que, para mim, Cristo não é uma pessoa, mas um herói, um mito, uma sombra gigantesca na qual a humanidade se vê projetada a si mesma sobre o muro da eternidade. E aos demais, aos que vão à igreja para ouvir uma boa prática, para cumprir um dever, para não faltar a nada ou por outras razões semelhantes, que lhes teria podido dizer? Convertê-los, por acaso? Não queria. O sacerdote não quer converter, quer viver entre os crentes, entre seus semelhantes, e quer ser substrato e expressão do sentimento de que fazemos nossos deuses.

Interrompeu-se por um momento. Logo continuou:

– Nossa fé, aquela para a qual escolhemos agora o nome de Abraxas, é muito bela, meu caro Sinclair. É o melhor que temos. Mas está ainda nas primícias. Ainda não lhe cresceram as asas. E uma religião solitária não é nada. Tem que tornar-se coletiva; é preciso ter culto e adeptos, festas e mistérios...

Calou-se e pareceu entregue a profunda meditação.

– Mas não será possível celebrar mistérios entre uns poucos iniciados e mesmo isoladamente? – perguntei vacilante.

– Sim, pode-se – aquiesceu. – Há muito tempo que os celebro. Celebrei cultos que me acarretariam vários anos de prisão se a notícia vazasse. Mas sinto que esse também não é o verdadeiro caminho.

De repente, pousou as mãos em meus ombros com tal força que me fez vacilar e, olhando-me penetrantemente, continuou:

– Também tu, meu caro Sinclair, também tu celebras teus mistérios. Sei muito bem que hás de ter sonhos que não revelas nem a mim. Não quero que me contes. Mas ouve-me bem: vive esses sonhos, vive-os bem, dedica-lhes altares! Não é a perfeição, mas já é um caminho. Que consigamos, tu, eu e alguns outros, renovar ou não o mundo é coisa que em breve se verá. Mas, dentro de nós mesmos, temos que renová-lo a cada dia; de outro modo, nada conseguiremos. Pensa bem nisso, Sinclair! Tens 18 anos e não corres atrás das prostitutas; tens que ter sonhos e desejos amorosos. E estes talvez te assustem. Mas não os temas! São teu melhor patrimônio, crê-me! Muito perdi por haver tentado sopitar esses sonhos quando tinha a tua idade. Não se deve fazer isso. Principalmente quando se conhece Abraxas. Não devemos temer nem julgar ilícito nada do que nossa alma deseja em nós mesmos.

– Também não é possível fazer tudo o que nos venha à mente – objetei, assustado. – Não se pode matar alguém simplesmente porque não nos agrada.

– Em determinadas circunstâncias, sim. Mas em casos normais, seria um erro. Também não quero dizer que devas fazer simplesmente tudo aquilo que te ocorra. Contudo, não deves tentar afastar essas ocorrências, que, muitas vezes, trazem consigo um sentido perfeito, nem afugentá-las com pretextos moralizantes, pois é quando se tornam verdadeiramente nocivas. Em lugar de crucificar-te a ti mesmo ou a outrem, o melhor é bebermos todos o mesmo cálice, elevando solenemente nosso espírito e pensando no mistério do sacrifício. Também, sem necessidade desses atos, podemos tratar com amor e tolerância nossos instintos, que então nos mostram seu sentido... Quando te ocorrer de novo algo verdadeiramente insensato e pecaminoso, quando sentires a tentação de matar alguém ou cometer alguma obscenidade monstruosa, pensa que é Abraxas quem devaneia assim em teu interior! O homem a quem quiseres matar nunca será este ou aquele; esses não passam de disfarces. Quando odiamos um homem, odiamos em sua imagem algo que trazemos em nós mesmos. Também o que não está em nós mesmos nos deixa indiferentes.

Nunca as palavras de Pistórius haviam tocado em mim fibras tão profundas e secretas. Mas o que mais intensa e singularmente me comoveu foi a coincidência com outras pronunciadas por Demian, e que eu trazia em mim há anos e anos. Nada sabiam um do outro e, no entanto, ambos me diziam a mesma coisa.

– As coisas que vemos – continuou Pistórius com uma voz mais velada – são as mesmas que temos dentro de nós. A única realidade é aquela que se contém dentro de nós, e se os homens vivem tão irrealmente é porque aceitam como realidade as imagens exteriores e sufocam em si a voz do mundo inteiro. Também se pode ser feliz assim; mas quando se chega a conhecer o outro, torna-se impossível seguir o caminho da maioria. O caminho da maioria é fácil; o nosso, penoso. Caminhemos.

Alguns dias mais tarde, após havê-lo esperado inutilmente diante da capela, encontrei-me com ele na rua, altas horas da noite, no momento em que dobrava uma esquina, aos tropeções, completamente embriagado. Passou a meu lado e não me viu, os olhos ardentes e solitários perdidos na distância, como obedecendo a uma chamada que lhe chegasse do desconhecido. Segui-o até o fim da rua. Avançava como se fosse puxado por um fio invisível, num passo fanático, flutuando como um fantasma. Entristecido, voltei para casa e para os meus sonhos não concretizados.

"É assim que ele renova em si o mundo", pensei; mas nesse mesmo instante percebi a baixeza e o preconceito moral daquela reprovação. Que sabia eu de seus sonhos? Em sua embriaguez talvez seguisse um caminho mais certo do que eu em meu temeroso escrúpulo.

DURANTE OS RECREIOS, entre uma aula e outra, percebi que um de meus colegas, em quem antes nunca havia reparado, tentava aproximar-se de mim. Era um moço baixinho e débil, de cabelos ruivos, aspecto doentio, que mostrava no olhar e na conduta um quê de peculiaridade. Uma tarde, à saída do liceu, esperou-me no caminho, deixou que eu passasse por ele e pôs-se logo a andar atrás de mim, detendo-se à porta de minha casa.

– Querias alguma coisa? – perguntei-lhe.

– Gostaria de falar contigo um momento – disse com timidez. – Queres vir andando um pouco comigo?

Pus-me a andar a seu lado e percebi que estava bastante agitado e cheio não sei de que ardente esperança. As mãos tremiam-lhe.

– És espírita? – perguntou-me de repente.

– Não, Knauer – respondi, rindo. – Nunca fui. Por que te ocorreu isso?

– Nem teosofista?

– Também não.

– Ah! Não seja tão misterioso! Sinto perfeitamente que em ti há algo especial. Está em teus olhos. Juraria que tens trato com os espíritos... Não penses que te pergunto isso apenas por curiosidade, Sinclair. Nada disso. Eu também procuro algo que não consigo encontrar. E estou tão só!

– Então conta! – animei-o. – Posso assegurar-te, desde já, que nada sei sobre os espíritos. Mas vivo em meus sonhos e tu soubeste adivinhá-lo. A maioria das pessoas vive também em sonhos, mas não nos próprios, e aí é que está a diferença.

– Sim, é bem possível – murmurou. – Talvez o importante seja apenas saber em que sonhos vivemos... Já ouviste falar em magia branca?

Tive de confessar que não.

– Consiste simplesmente em aprender a dominar a si mesmo. Quem o consegue se torna imortal e alcança poder sobre os demais. Nunca fizeste exercícios desse gênero?

Ao perguntar-lhe interessadamente sobre tais práticas, começou por fazer-se reservado; mas ante a menção que fiz de ir-me, acabou falando.

– Por exemplo, quando quero dormir ou simplesmente concentrar-me, faço um desses exercícios: penso numa coisa qualquer, uma palavra, um nome ou uma figura geométrica, e esforço-me por representá-la dentro de mim, com a maior intensidade possível. Esforço-me por representá-la dentro da cabeça, até que a sinto ali. Em seguida, represento-a na garganta e assim sucessivamente, até senti-la ocupando todo o meu ser, comunicando-lhe uma firmeza e uma segurança que nada mais consegue perturbar.

Compreendi bem do que se tratava. Mas, ao mesmo tempo, senti que não era só aquilo o que ele tinha para dizer-me. Via-o extraordinariamente agitado e impaciente. Procurei abrir caminho a suas perguntas e ele não tardou em formular aquela que lhe pesava no coração.

– Também praticas a abstinência? – perguntou-me ansioso.

– Que queres dizer com isso? Referes-te ao sexo?

– Sim, sim. Já a pratico há dois anos, desde que conheço a doutrina. Antes disso me entregava a um vício, deves saber qual... Então, nunca estiveste com mulheres?

– Não – respondi-lhe. – Ainda não encontrei a ideal.

– Mas se a encontrasses, a essa de que falas, a teu ideal, então te deitarias com ela?

– Naturalmente! Desde que ela não se opusesse – acrescentei, com um laivo de ironia.

– Oh! Então não estás no caminho certo! Somente guardando uma absoluta continência é que podemos desenvolver nossas energias interiores. Há dois anos que venho guardando-a. Dois anos e pouco mais de um mês! É tão difícil. Às vezes, sinto que já me é quase impossível aguentar mais.

– Escuta, Knauer: não creio que a abstinência seja tão terrivelmente importante.

– Essa é a desculpa habitual – protestou. – Mas não a esperava de ti. Quem quiser seguir os caminhos espirituais mais elevados tem que se conservar puro.

– Está bem. Procedes assim, já que essa é tua convicção. Quanto a mim, não vejo em que um homem que reprima o sexo haja de ser mais "puro" do que os outros. Por acaso conseguiste excluir o sexual também de teus sonhos e pensamentos?

Olhou-me com desespero.

– Não, Sinclair, não. E, contudo, não há outro caminho. Durante a noite sonho coisas que nem a mim mesmo ousaria confessar. Sonhos terríveis, Sinclair!

Lembrei-me do que Pistórius me havia dito sobre os sonhos mais íntimos. Mas embora sentisse a exatidão de suas palavras, não me era possível transmiti-las a Knauer. Não lhe podia dar um conselho que não provinha de minha própria experiência e que eu próprio não me sentia capaz de seguir. Guardei, pois, silêncio, sentindo-me humilhado por não poder dar conselho a alguém que me pedia.

– Já tentei tudo – continuou lamentando-se Knauer. – Fiz tudo o que se pode fazer: duchas frias, fricções com neve, ginástica e exercícios violentos. Tudo inútil. Vez por outra sonho com coisas que me aterram só de pensar nelas. E o mais terrível é que tais sonhos anulam todos os meus progressos espirituais. Já quase não consigo concentrar-me nem adormecer. Às vezes, passo a noite inteira em claro. Creio que não vou poder resistir assim por muito tempo. Mas se acabo renunciando à luta, se cedo, afinal, e volto à imundície, então saberei que sou pior e mais desprezível do que os que nunca lutaram. Compreendes?

Assenti, mas não foi possível dizer nada. Percebi que Knauer começava a aborrecer-me e me assustava ao comprovar que sua miséria e seu desespero, tão visíveis, não me produziam nenhuma impressão mais funda. Senti apenas que não podia ajudá-lo.

– Mas não podes mesmo aconselhar-me nada? – perguntou, por fim, entristecido e esgotado. – Nada absolutamente? Deve haver algum caminho! E tu, como fazes?

– Nada posso dizer-te, Knauer. Nessa questão não é possível obtermos ajuda. Também a mim nunca ninguém ajudou. Tens que refletir contigo mesmo e fazer aquilo que verdadeiramente surja em tua essência. Não há outro caminho. Se tu mesmo não o podes encontrar, também não encontrarás quaisquer espíritos que te guiem, creio eu.

Decepcionado e repentinamente emudecido, Knauer olhou-me com firmeza. Logo brilhou em seu olhar um ódio súbito, o rosto contraiu-se numa careta e gritou enfurecido:

– Ah, não passas de um hipócrita! Também tens teu vício, tenho certeza! Dá-te ares de sábio e em segredo és escravo da mesma baixeza que eu e os outros! És um porco, um porco, igual a mim. Somos todos uns porcos!

Afastei-me dele, deixando-o ali parado. Caminhou ainda alguns passos atrás de mim, mas logo se deteve, deu meia-volta e afastou-se a toda pressa. Essa desagradável cena provocou-me intenso mal-estar, misto de compaixão e repugnância, de que só fui livrar-me quando cheguei em casa e pude entregar-me, com íntimo fervor, a meus próprios sonhos, encerrado em meu quarto e à vista de meus desenhos. Não tardou em ressurgir meu sonho familiar: a porta de casa e o escudo sobre ela, minha mãe e a outra estranha figura de mulher, esta com tamanha precisão que naquela mesma noite comecei a desenhá-la.

Quando, ao fim de alguns dias, terminei o desenho traçado quase inconscientemente em instantes de sonho, tirei-o da parede e coloquei-o, ao anoitecer, diante da lâmpada de mesa, sentando-me diante dele como defronte de um espírito com o qual teria de lutar para decidir meu destino. Era um rosto análogo ao de minha pintura anterior, parecido com Demian e, em alguns traços, comigo mesmo. Um dos olhos ficava visivelmente mais acima do que o outro e o olhar passava fixo e perdido através de mim, cheio de uma inexorável fatalidade.

Não sei quanto tempo permaneci ali imóvel, diante do desenho. O enorme esforço interior ia gelando-me o peito. Interroguei aquela imagem e acusei-a, acariciei-a e rezei de joelhos diante dela; chamei-a de mãe e chamei-a de amor, de prostituta e de perdida, chamei-a de Abraxas. Enquanto isso, iam surgindo em mim palavras de Pistórius – ou de Demian? –, não podia lembrar-me de quando tinham sido ditas, mas acreditava ouvi-las de novo. Eram as palavras da luta de Jacó com o anjo: "Não te soltarei enquanto não me abençoares."

À luz da lâmpada, o rosto pintado transformava-se a cada invocação. Ora surgia claro e resplandecente, ora negro e tenebroso, cerrava as pálpebras de lívida brancura sobre uns olhos mortos e tornava a abri-los lançando olhares candentes; era mulher, era homem, era moça, era criança, um animal; desvanecia-se num borrão e tornava a fazer-se clara e visível. Por fim, obedecendo a um imperativo interior, cerrei os olhos e o vi dentro de mim, mais intensamente ainda do que antes. Quis ajoelhar-me diante dele, mas já estava tão interiorizado que não podia separá-lo de mim mesmo, como se tivesse passado a fazer parte de mim.

Nesse instante, comecei a ouvir um bramido sombrio e grave, como de uma tempestade primaveril, e pus-me a tremer invadido por uma nova sensação indescritível de angústia e temerosa espera. Estrelas fulgurantes flamejaram e se extinguiram a minha vista e uma densa corte de longínquas recordações, até de minha primeira e mais esquecida infância e até mesmo de existências anteriores, estádios primitivos da evolução, desfilou rápida diante de mim. Mas essas recordações, que pareciam reproduzir minha vida inteira até o mais secreto, não cessavam no passado e no presente; iam além, refletiam no futuro, arrancavam-me do presente para novas formas de vida, cujas imagens me apareciam em plena e deslumbrante claridade, mas de que não me foi possível recordar exatamente nenhuma.

Já bastante avançada a noite, despertei de um sono profundo. Estava vestido e jazia de través sobre a cama. Súbito senti que devia lembrar-me de algo importante, mas já não me recordava de nada do que havia acabado de acontecer. Acendi a luz, e a recordação foi brotando pouco a pouco. Procurei o desenho. Não estava pendurado à parede tampouco em cima da mesa. Vagamente tentei lembrar se o havia queimado. Oh! Teria sido apenas um sonho em que o havia queimado entre as mãos e comido em seguida as cinzas?

Uma inquietação convulsa e intensa apoderou-se de mim. Possuído por irrefreável impulso interior, pus o chapéu, saí do quarto e da casa, percorri praças e ruas, como arrastado pela tempestade; observei o silêncio diante da capela de meu amigo, engolida pelas trevas; busquei e rebusquei de um lado para outro, levado por sombrio instinto. Atravessei um bairro coalhado de prostíbulos, em cujas janelas ainda brilhava luz. Além, erguiam-se algumas casas em construção, entre montões de tijolos meio encobertos pela neve suja e acinzentada. Enquanto percorria assim, como um sonâmbulo, aquele deserto suburbano, veio-me a lembrança daquela outra casa em construção, em minha cidade natal, em que Kromer, meu verdugo, me levara uma vez para acertar nossas contas. Uma obra parecida erguia-se aqui diante de mim, na noite cinzenta, abrindo-me com negro bocejo um portal sem portas. Aquela negra boca me atraía; quis afastar-me e tropecei em montões de escombros e de areia. A atração foi mais forte do que eu. Tinha que entrar.

Pisando em tábuas e pedaços de tijolos, penetrei na construção. As paredes exalavam um turvo odor de frieza e pedras úmidas. Um monte de areia, clara mancha acinzentada, ali ressaltava, o resto imerso na escuridão.

De repente, uma voz espantada pronunciou meu nome:

– Sinclair, santo Deus! Como vieste aqui?

E uma figura humana surgiu diante de mim saindo das trevas. Era um homenzinho baixo e seco, parecia um duende. Notei que o cabelo me eriçava quando o reconheci: era o meu colega Knauer.

– Como vieste dar aqui? – interrogou, enlouquecido. – Como pudeste encontrar-me?

Eu não o compreendia.

– Eu não te procurava – disse, confusamente.

Cada palavra custava-me um grande esforço e saía penosamente de entre meus lábios mortos, entorpecidos e como que aterrorizados.

Fitou-me atônito.

– Não me procuravas?

– Não. Algo me atraía aqui. Acaso me chamaste? Deves ter-me chamado. Que fazes aqui? É tarde da noite.

Convulso, agarrou-me com suas débeis mãos.

– Sim, é tarde da noite. Mas não tardará a amanhecer. Ó Sinclair, e dizer que não me esqueceste! Como pudeste perdoar-me?

– De quê?

– Ah, fui tão injusto contigo!

Só então me lembrei de nossa conversa. Quantos dias se haviam passado desde então? Quatro, cinco? Para mim, parecia uma existência. Mas agora já entendia de repente tudo. Tanto o que havia acontecido conosco quanto o que me havia levado até ali e o que havia Knauer tentado fazer naquele lugar deserto.

– Querias acabar com a vida, Knauer?

Estremeceu de frio e medo.

– Queria. Não sei se conseguiria fazê-lo. Resolvi esperar amanhecer.

Arranquei-o da obra. As primeiras luzes horizontais do amanhecer brilhavam indizivelmente frias e desmaiadas no ambiente acinzentado.

Tomei Knauer pelo braço e encaminhei-o para a cidade.

– Volta agora para tua casa e não contes nada a ninguém. Tu perdeste o caminho, Knauer, e andaste extraviado e sem norte. Não somos uns porcos, como disseste. Somos homens. Criamos deuses e lutamos com eles e eles nos abençoam.

Continuamos andando em silêncio e em silêncio nos separamos. Quando cheguei em casa já era dia.

O MELHOR QUE ME TROUXE aquele período de permanência em S. foram algumas horas passadas em companhia de Pistórius, ouvindo-o ao órgão ou contemplando o fogo na lareira de seu quarto. Decifrávamos juntos algum texto grego sobre Abraxas, lia-me fragmentos de uma tradução dos Vedas e me ensinava a pronunciar a palavra sagrada "Om". Mas o que impulsionava minha evolução interior não era essa ocupação erudita, mas algo totalmente contrário. O que verdadeiramente me fazia bem era o progresso do conhecimento de mim mesmo, minha confiança crescente em meus próprios sonhos, ideias e intuições; a revelação, cada dia mais clara, do poder que em mim mesmo levava.

Entendia-me perfeitamente com Pistórius. Bastava pensar fixamente nele para vê-lo aparecer logo depois, a minha procura, ou receber uma mensagem sua.

Como a Demian, podia perguntar-lhe qualquer coisa sem que ele estivesse presente; bastava fixar nele o pensamento e formular mentalmente, com máxima intensidade, as perguntas. Toda a força psíquica posta assim na interrogação retornava em seguida a mim sob a forma de resposta. Mas nesses casos não era a pessoa de Pistórius que eu representava, tampouco a de Max Demian, mas sim aquela outra por mim sonhada e desenhada, a imagem onírica meio masculina meio feminina de meu demônio familiar. Essa imagem não vivia apenas em meus sonhos ou pintada num papel, mas já estava dentro de mim, como um desejo e uma superação de mim mesmo.

Minhas relações com Knauer, o infeliz suicida fracassado, adquiriram um matiz singular e, às vezes, bastante cômico. Desde aquela noite em que fui enviado até ele, passou a seguir-me como um criado fiel ou como um cão; esforçava-se por enlaçar sua vida à minha e me acompanhava cegamente. Chegava com estranhos desejos e perguntas, queria ver espíritos, aprender a cabala e não acreditava em mim quando eu lhe assegurava nada entender dessas coisas. Imaginava-me senhor de toda sorte de poderes sobrenaturais. Mas o mais estranho é que, às vezes, acudia a mim com suas ingênuas e singulares perguntas precisamente nos momentos em que eu me esforçava para resolver algum problema íntimo, e suas caprichosas ocorrências me proporcionavam quase sempre a chave buscada ou o impulso necessário para chegar a ela. Em certas ocasiões, aborrecia-me e eu o mandava autoritariamente embora; mas não deixava de advertir que também ele me era enviado, que também ele refluía para mim, duplicado, tudo aquilo que eu lhe dava; que ele também me era um guia, ou, pelo menos, um caminho. Os livros e escritos absurdos que me trazia e nos quais buscava a salvação me ensinaram muito mais do que eu a princípio imaginava.

Esse Knauer desapareceu logo insensivelmente de minha vida. Com ele não foi necessária explicação alguma. Já o mesmo não se deu com Pistórius. Com esse amigo vivi ainda um acontecimento singular ao término de minha temporada em S.

Todo homem, por mais bondoso que seja, tem que vulnerar uma ou várias vezes em sua vida as belas virtudes da piedade filial e da gratidão. Tem que dar aquele passo que o desliga de seus pais e de seus mestres e sentir um pouco a aspereza da solidão, embora em sua maioria não a possam suportar por muito tempo e voltem para a submissão. De meus pais e do mundo familiar, do mundo "luminoso" de minha bela infância, eu não me havia separado com luta violenta, mas com paulatino afastamento, pausado e quase imperceptível. Tal separação me entristecia e provocava, às vezes, horas muito amargas em minhas visitas ao lar; mas a dor não penetrava verdadeiramente em meu coração. Podia suportá-la.

Muito diverso é quando nossa veneração e nosso carinho são alheios a todo hábito e correspondem à pura inclinação pessoal, quando de todo o coração fomos o amigo ou o discípulo. Nesses casos, é um instante amargo e terrível aquele em que vislumbramos, de repente, que a corrente dominante em nós quer afastar-nos da pessoa dileta. Cada um dos pensamentos que afastam o amigo ou o mestre volta-se contra nosso coração, como uma seta envenenada, e cada um dos golpes que desferimos acerta-nos de volta no rosto. Naquele que acreditava seguir uma própria moral superior surgem as ideias de "traição" e de "ingratidão" como reprovações e estigmas vergonhosos, e o coração, assustado, foge temeroso para refugiar-se nos amados vales das virtudes infantis, sem resignar-se a crer que também essa ruptura há de ser consumada e esse laço, rompido.

Pouco a pouco, fora crescendo em mim um sentimento que se opunha em continuar aceitando tão incondicionalmente como guia meu amigo Pistórius. Durante os meses mais importantes de minha adolescência, toda a minha vida girara em torno de sua amizade, seu conselho, seu consolo e sua presença. Deus me falara por seu intermédio e de sua boca voltaram para mim meus sonhos esclarecidos e interpretados. Insuflara-me a confiança em mim mesmo. E, não obstante, senti crescer em mim profundas resistências contra ele. Suas palavras continham ensinamentos em demasia, e com isso percebi que ele chegara a compreender a fundo apenas uma parte do meu ser.

Entre nós não houve qualquer alteração, qualquer cena; não houve ruptura ou sequer um ajuste de contas. Houve apenas uma palavra minha, inofensiva em si, mas que marcou o momento em que a ilusão se rompeu entre nós em irisados pedaços.

O pressentimento que vinha pesando sobre mim tempos atrás já se tornara uma ideação consciente, certo domingo, no velho quarto erudito de Pistórius. Estendidos ambos no chão, junto ao fogo, falava-me ele dos mistérios e dogmas religiosos que estudava, meditando sobre eles e sobre seu possível futuro. Mas, para mim, tudo aquilo era mais curioso e interessante do que realmente vital; soava-me a erudição, a laboriosa pesquisa sob as ruínas de mundos passados, e, de repente, senti grande repugnância por toda aquela atitude espiritual, contra aquele culto de mitologias e esse mosaico de velhas doutrinas religiosas.

– Pistórius – disse de improviso, com súbita malignidade, que me chegou a espantar –, conta-me um sonho teu, mas um sonho verdadeiro, sonhado à noite por ti. Tudo isso que me vens falando me soa tão abominavelmente *antiquado*...

Meu amigo nunca me ouvira falar dessa maneira, e eu próprio percebi desde logo, com sobressalto e vergonha, que a flecha que lhe desferira, ferindo-lhe o coração, eu a havia tirado de sua própria aljava, pois lhe dirigia naquele instante, malignamente aguçada, uma reprovação que ele próprio fizera a si mesmo certa vez com um laivo de ironia.

Pistórius sentiu-o imediatamente e emudeceu de pronto. Assustado diante de minha obra, vi-o empalidecer terrivelmente.

Após uma longa e penosa pausa, atirou mais um par de troncos na lareira e disse com voz serena e apagada:

– Tens razão, Sinclair. És um rapaz inteligente. Não voltarei a importunar-te com minhas antiqualhas.

Falava muito serenamente, mas percebi, em seu tom de voz, a dor da ferida. Que fizera eu!

Tive de conter as lágrimas. Quis falar-lhe cordialmente, pedir-lhe perdão, assegurar-lhe meu afeto e minha gratidão. Palavras cheias de emoção acudiram-me ao pensamento, mas foi-me impossível pronunciá-las. Calei-me e continuei a contemplar o fogo, debruçado no chão. Também ele se calara, e assim permanecemos ambos, enquanto as chamas iam-se extinguindo e os lenhos se transformando em rubro braseiro. A cada chama que se extinguia eu sentia desaparecer em mim algo muito belo e íntimo que já não haveria de retornar.

– Receio que me hajas compreendido mal – disse, por fim, entre dentes, com voz seca e rouca.

Essas palavras sem sentido saíram automaticamente de meus lábios, como se estivesse lendo um folhetim de jornal.

– Compreendi perfeitamente – murmurou Pistórius. – Tu és quem está com a razão.

Esperou um instante e logo continuou, pausado:

– Na medida em que um homem pode ter razão contra outro.

"Não, não, não tenho razão!", sentia gritar em mim. Mas nada pude dizer. Sabia que com uma só palavra lhe havia apontado sua fraqueza essencial, sua miséria e sua chaga. Havia tocado naquele ponto em que ele tinha que desconfiar de si mesmo. Seu ideal era "antiquado", um pesquisador que caminhava para trás: era um romântico. De repente, vi com toda a clareza. Precisamente o que Pistórius havia sido para mim não lograva ser para si mesmo, nem dar a si mesmo o que me dera. Conduzira-me por um caminho que ele próprio, o guia, precisava ultrapassar e abandonar.

Sabe Deus como nascem tais palavras. Eu as dissera sem más intenções e sem ter a menor ideia da catástrofe que ia provocar. Dissera algo cujo alcance ignorava no momento, cedera a uma ocorrência insignificante, um tanto jocosa, talvez um tanto maliciosa, e essa ocorrência se transformara em destino, mudara-se em fatalidade inexorável. Cometera uma pequena indelicadeza, e essa indelicadeza fora para ele uma sentença.

Como desejei então que Pistórius se encolerizasse, que se tivesse defendido e me coberto de reprovações! Mas não fez nada disso. Tudo tive que fazer por mim mesmo, dentro de mim. Ele teria sorrido se pudesse. Mas como não pôde, com isso me deu a medida de quanto o havia ferido.

Sua atitude, aceitando em silêncio o golpe que lhe desferira o discípulo presunçoso e ingrato, renunciando a ter razão e reconhecendo minhas palavras como se fora manifestação do destino, tornou-me odioso a mim mesmo e centuplicou as proporções de minha irreflexão. Quando descarreguei o golpe imaginava encontrar diante de mim um homem forte e pronto para a defesa e, longe disso, acabei por ferir um homem calado, sofrido e inerme, que se entregou em silêncio.

Longo tempo permanecemos ainda diante do fogo, no qual cada ardente figura e cada brasa me recordavam horas felizes, belas e plenas, o que aumentava minha dívida de gratidão com Pistórius. Por fim, não pude mais resistir. Levantei-me e saí. À porta do quarto, na escada sombria, e depois, na rua, diante de casa, detive-me várias vezes, na esperança de vê-lo acudir a minha busca. Mas logo segui adiante e andei por horas e horas através da cidade e dos subúrbios, através do parque e do bosque, até chegar a noite. Pela primeira vez, senti o sinal de Caim em minha fronte.

Só muito aos poucos é que pude reflexionar. Todos os meus pensamentos tendiam inicialmente a acusar-me e a defender Pistórius. Mas todos acabavam no contrário. Mil vezes senti-me disposto a lamentar minhas palavras precipitadas e a retirá-las, mas não podia negar-lhes verdade. Só então conseguia compreender inteiramente Pistórius e edificar diante de mim todo o seu sonho. Tal sonho tinha sido o de ser sacerdote, anunciar uma nova religião, dar novas formas de êxtase, de amor e de adoração, e erigir novos símbolos. Mas essa não era sua força nem sua missão. Gostava demais de permanecer no passado e o conhecia perfeitamente; sabia tudo sobre o Egito e a Índia, sobre Mitras e Abraxas. Seu amor se ligava a imagens que a terra já vira outrora e, ao mesmo tempo, tinha consciência de que o Novo tinha que ser realmente novo e diverso e provir de um solo virgem, em vez de ser extraído laboriosamente dos museus e das bibliotecas. Sua missão talvez fosse ajudar outros homens a chegarem a si mesmos, como fizera comigo. Mas não a de lhes dar o inaudito, os novos deuses.

E nesse ponto abrasou-me, de repente, como aguda chama, a revelação definitiva: todo homem tinha uma "missão", mas ninguém podia escolher a sua, delimitá-la ou administrá-la a seu prazer. Era errôneo querer novos deuses, era completamente errôneo querer dar algo ao mundo. Para o homem consciente só havia um dever: procurar-se a si mesmo, afirmar-se em si mesmo e seguir sempre adiante o próprio caminho, sem se preocupar com o fim a que possa conduzi-lo. Tal descoberta comoveu-me profundamente e foi para mim como o fruto daquela vivência. Muitas vezes, havia brincado com imagens do futuro e havia entressonhado os destinos que me estavam reservados, como poeta talvez ou talvez como profeta, como pintor, ou de que modo fosse. E tudo isso era um equívoco Eu não existia para fazer versos, para rezar ou para pintar Nem eu nem nenhum homem existíamos para isso. Tudo era secundário. O verdadeiro ofício de cada um era apenas chegar até si mesmo. Depois podia acabar poeta ou louco, profeta ou criminoso. Isso já não era coisa sua, e além de tudo, em última instância, carecia de todo alcance. Sua missão era encontrar o próprio destino, e não qualquer um, e vivê-lo inteiramente até o fim. Tudo o mais era ficar a meio caminho, era retroceder para refugiar-se no ideal da coletividade, era adaptação e medo da própria individualidade interior. Essa nova imagem ergueu-se claramente diante de mim, terrível e sagrada, mil vezes vislumbrada, talvez já expressa alguma vez, mas somente agora vivida. Eu era um impulso da natureza, um impulso em direção ao incerto, talvez do novo, talvez do nada, e minha função era apenas deixar que esse impulso atuasse, nascido das profundezas primordiais, sentir em mim sua vontade e fazê-lo meu por completo. Esta, e somente esta, era minha função.

Eu havia provado a fundo a solidão. Mas agora pressentia uma solidão ainda mais profunda, e pressentia-a inevitável.

Não fiz qualquer tentativa para reconciliar-me com Pistórius. Continuamos amigos, mas nossa relação sofreu profunda modificação. Somente uma vez falamos dessas coisas, ou, antes, falou-me ele. Disse-me:

– Meu desejo era ser sacerdote. Principalmente ser o sacerdote da nova religião que vislumbramos. Mas sei muito bem que jamais poderia sê-lo. Sabia-o sem confessá-lo a mim abertamente, há muito tempo. Terei que limitar-me a exercer outras funções sacerdotais de menor alcance, talvez apenas diante do órgão, talvez de outra forma qualquer. Mas sempre haverei de ter em meu redor algo que considere santo e belo, música de órgão e mistério, símbolo e mito. Necessito viver nesse ambiente e não quero afastar-me dele. Essa é minha fraqueza, meu caro Sinclair, pois, às vezes, percebo que não deveria sentir tais desejos, que são um luxo e uma fraqueza. Seria mais digno e mais acertado estar simplesmente à disposição do destino, sem aspirações de qualquer ordem. Mas não posso, é a única coisa que não posso fazer. Talvez tu o consigas algum dia. É muito difícil, é o único verdadeiramente difícil. Já sonhei consegui-lo, mas não o consigo realizar, me dá medo. Não posso decidir-me a ficar tão desnudo e tão só em meio da vida; também eu sou um pobre cão fraco, que necessita de um pouco de calor e de alimento e gosta de sentir-se, de vez em quando, entre seus semelhantes. Aquele que verdadeiramente só quer seu destino já não tem semelhantes e se ergue solitário sobre a terra, tendo a seu lado somente os gélidos espaços infinitos. Assim foi Jesus no Horto das Oliveiras. Houve mártires que se deixaram crucificar de bom grado e que, apesar disso, não eram heróis, não se haviam libertado; queriam algo que lhes era grato e familiar, tinham modelos e tinham ideais. Aquele que só quer seu destino já não tem modelos nem ideais, amores nem consolos. Tal é o caminho que realmente deveríamos seguir. As pessoas como tu e eu vivemos já por demais solitárias; mas nós ainda temos, pelo menos, um amigo e a oculta satisfação de sermos diferentes dos demais, de nos rebelarmos e de querer o extraordinário. Mas também a isso devemos renunciar se quisermos seguir o caminho até o fim. Também não se deve querer ser revolucionário, exemplo ou mártir. Não se pode conceber...

Não, não se podia conceber. Mas podíamos sonhá-lo, pressenti-lo, intuí-lo. Algumas vezes, quando conseguia uma hora de plena serenidade espiritual, chegava a vislumbrá-lo. Aprofundava, então, o olhar em mim mesmo e cravava meus olhos nos olhos do meu destino. O que neles se refletisse, sabedoria ou loucura, amor ou maldade, não importava. Nada daquilo se devia escolher ou querer. Só podemos aspirar a nós mesmos, a nosso próprio destino. Pistórius fora meu guia nesse caminho.

Durante esses dias andei como cego de um lado para outro. A tempestade rugia dentro de mim. Cada um de meus passos era um perigo. Diante de mim só via a treva abissal em que se perdiam todos os caminhos antes empreendidos. E em meu interior surgiu a imagem do guia, que se parecia com Demian e em cujos olhos se esboçava meu destino.

Escrevi num papel: "Um guia abandonou-me. Ando nas trevas. Não consigo dar um passo sozinho. Ajuda-me!"

Queria enviá-lo a Demian. Não o fiz; sempre que me dispunha a fazê-lo achava tolo e incoerente meu pedido de auxílio. Mas aprendi de cor a pequena oração e recitava-a amiúde em meu interior. Acompanhava-me em todas as horas. Comecei a vislumbrar o que era a oração.

Meu período escolar havia terminado. Meu pai achou melhor que eu fizesse uma viagem durante as férias e ingressasse logo depois numa universidade. Como não soubesse por que faculdade decidir-me, fiz-me matricular num curso de filosofia para experimentar. Qualquer outra disciplina teria sido para mim a mesma coisa.

# 7
# Eva

Durante as férias, fui uma vez à casa em que Demian habitara com a mãe há tempos. Uma anciã passeava no jardim. Dirigi-me a ela e verifiquei que a casa lhe pertencia. Lembrava-se perfeitamente da família de Demian, mas não sabia sua residência atual. Percebendo meu interesse, fez-me entrar com ela na casa, apanhou um álbum encadernado em couro e me mostrou uma fotografia da mãe de Demian. Quase não me lembrava mais dela. Mas quando vi aquele retrato, senti o coração parar-me no peito. Era a imagem de meu sonho! Era ela, a arrogante figura de mulher quase máscula, parecida com o filho, com traços maternais, traços de severidade, traços de profunda paixão, bela e atrativa, bela e inacessível, demônio e mãe, destino e amante. Era ela!

Estremeci como frente a um milagre fulminante ao averiguar dessa forma que a imagem de meus sonhos vivia sobre a terra. Havia uma mulher que era assim, uma mulher que tinha os traços do meu destino. Onde estaria? Onde?... E era a mãe de Demian.

Poucos dias depois, iniciei minha viagem. Estranha viagem. Passei sem descanso de um lugar a outro, seguindo a inspiração do momento, sempre em busca daquela mulher. Em certos dias, encontrava uma e outra vez figuras que a recordavam, que se pareciam com ela e que me arrastavam em seu encalço pelas ruas da cidade desconhecida ou no trem, de estação em estação, como num sonho emaranhado. Havia outras vezes em que compreendia quão vã era aquela busca e então permanecia inativo horas e horas num parque, no jardim de um hotel ou numa sala de espera, abstraído e tentando dar vida dentro de mim à imagem amada. Mas essa já se tornava fugidia e esfumada. À noite era-me impossível conciliar o sono, e só no trem conseguia dormitar uns instantes, através das paisagens desconhecidas. Uma vez, em Zurique, uma mulher muito bonita e um tanto atrevida tentou travar relações comigo. Mal olhei-a e segui meu caminho como se ela não existisse. Preferiria morrer a mostrar interesse por outra mulher, mesmo que fosse por uma hora apenas.

Sentia que meu destino me puxava, sentia que a concretização já estava próxima e enlouquecia de impaciência vendo que nada podia fazer para precipitá-la. Certa vez, numa estação, creio que na de Innsbruck, vi passar diante de mim, debruçada à janela de um trem em movimento, uma figura que me recordou a de meus sonhos e me senti profundamente desgraçado durante vários dias. Pouco depois, a imagem anelada voltou a aparecer-me uma noite em sonhos. Despertei com um sentimento de vergonha e solidão pela inutilidade daquela busca e empreendi o regresso para casa pelo caminho mais rápido.

Quinze dias depois matriculei-me na Universidade de H. Tudo nela decepcionou-me. O curso de história da filosofia, que comecei a frequentar, pareceu-me tão vulgar e trivial como as atividades dos jovens estudantes. Tudo seguia padrões rígidos, todos faziam as mesmas coisas, e a calorosa alegria das faces juvenis tinha uma expressão lamentavelmente vazia e impessoal. Quanto a mim, desfrutava minha liberdade; vivia tranquila e ordenadamente nas proximidades das velhas muralhas da cidade e tinha sobre a mesa um par de volumes de Nietzsche. Vivia com o filósofo, sentia a solidão de sua alma, vislumbrava o destino que o impulsionava sem tréguas, sofria com ele e me sentia feliz sabendo de alguém que havia seguido inexoravelmente seu caminho.

Uma noite, saí a passear pelas ruas da cidade, sob a rude carícia do ar outonal, e ouvi os cantos que os grupos de estudantes entoavam nas cervejarias. Pelas janelas abertas saía em nuvens a fumaça do tabaco e, em denso retumbar, o canto sonoro e rítmico, mas sem asas, inanimado e uniforme.

Parado numa esquina, ouvia ressoar, numa das cervejarias próximas, aquela alegria juvenil religiosamente exercitada todas as noites. Em toda parte dominava a comunidade, o instinto gregário, a repulsa ao destino e o refúgio no recolhimento do rebanho.

Dois indivíduos, que caminhavam atrás de mim, cruzaram lentamente. Parte do que diziam chegou-me aos ouvidos.

– Exatamente igual à cabana dos solteiros numa aldeia africana – disse um deles. – Tudo igual, tanto mais que agora está na moda tatuar-se. Veja você: esta é a jovem Europa.

Aquela voz soou-me como estranha advertência conhecida. Segui aqueles dois homens através da escura ruela. Um deles era um japonês. Ao passar sob a luz de um lampião, vi-lhe o rosto amarelo e sorridente.

O outro voltou a falar:

– Bem, acredito que entre vocês, lá no Japão, acontece o mesmo. Em toda parte são muito poucos os indivíduos que não seguem o rebanho. Também aqui há alguns.

Cada uma dessas palavras transpassou-me de alegre estremecimento. Reconheci quem as pronunciava. Era Max Demian.

Através da noite ventosa, segui-os pelas ruas escuras, ouvi-lhes a conversa e me alegrei com o som familiar da voz de Demian. Conservava o tom amigo, sua antiga e bela segurança e seu poder sobre mim. Agora tudo ia bem. Eu o havia encontrado.

No fim de rua, despediu-se o japonês e abriu a porta de uma casa. Demian voltou sobre seus passos. Eu me detivera e o esperava no meio da rua. Com o coração palpitante, vi-o andar em minha direção, ereto e elástico. Vestia um impermeável escuro e trazia um pequeno bastão pendurado ao antebraço. Sem alterar o passo regular, chegou junto de mim, tirou o chapéu e mostrou o antigo e claro rosto, a boca resoluta e o singular reflexo luminoso sobre a fronte ampla.

– Demian! – exclamei.

Ele estendeu-me a mão.

– Então estás aqui, Sinclair! Eu te esperava.

– Sabias que eu estava aqui?

– Não sabia exatamente, mas te esperava. Mas ver-te, só agora te vi, enquanto nos seguias todo o tempo.

– Então reconheceste-me logo?

– Naturalmente. É verdade que mudaste um pouco. Mas continuas tendo o sinal.

– O sinal? Que sinal?

– Nós o chamávamos de o sinal de Caim, talvez nem te lembres. É nosso sinal. Sempre o tiveste, por isso me fiz teu amigo. Mas agora se tornou mais visível.

– Não o sabia. Ou melhor, sim. Uma vez pintei um retrato teu, Demian, e fiquei surpreso ao perceber que também se parecia comigo. Seria por causa do sinal?

– Sem dúvida. Que bom, agora te temos aqui! Minha mãe também se alegrará.

Senti como um susto.

– Tua mãe? Ela está aqui? Mas ela não me conhece...

– Não importa; sabe muitas coisas de ti. Vai reconhecer-te sem que eu precise dizer-lhe quem és... Deixaste-nos muito tempo sem notícias tuas.

– Quis escrever-te várias vezes, mas não pude. Ultimamente, sentia que não tardaria em te encontrar. Todos os dias o esperava.

Tomou-me o braço e seguiu caminhando comigo. De sua pessoa emanava uma profunda calma, que me foi penetrando pouco a pouco. Conversamos como antigamente. Recordamos nosso tempo de escola, as aulas de religião e também nosso último e infeliz encontro. Só de nosso primeiro e mais íntimo laço, da aventura com Franz Kromer, é que não falamos também dessa vez.

O diálogo tomou logo, inconscientemente, um rumo singular e cheio de presságios. Seguindo a conversação anterior entre Demian e o japonês, começamos a falar sobre a vida estudantil e passamos desse tema a outro, que parecia totalmente diverso, mas que nas palavras de Demian acabou por unir-se intimamente àquele.

Falou Demian do espírito da Europa e do signo desta época Em todo lado – disse – reinava a comunidade e o instinto gregário, mas em nenhum a liberdade e o amor. Toda essa comunidade, desde os grêmios de estudantes e orfeões até os Estados, era o produto de obsessão doentia, do medo, da covardia e da indecisão, e já estava carcomida e velha. Pouco faltava para arruinar-se.

– A comunidade – continuou dizendo – é uma coisa muito bela. Mas o que vemos florescer agora não é a verdadeira comunidade. Esta surgirá nova, do conhecimento mútuo dos indivíduos e transformará por algum tempo o mundo. O que hoje existe não é comunidade: é simplesmente o rebanho. Os homens se unem porque têm medo uns dos outros e cada um se refugia entre seus iguais: rebanho de patrões, rebanho de operários, rebanho de intelectuais... E por que têm medo? Só se tem medo quando não se está de acordo consigo mesmo. Têm medo porque jamais se atreveram a perseguir os próprios impulsos interiores. Uma comunidade formada por indivíduos atemorizados com o desconhecido que levam dentro de si. Sentem que já periclitaram todas as leis em que baseiam suas vidas, que vivem conforme mandamentos antiquados e que nem sua religião nem sua moral são aquelas de que ora necessitamos. Durante cem anos a Europa não fez mais do que estudar e construir fábricas! Sabem perfeitamente quantos gramas de pólvora são necessários para matar um homem; mas não sabem como se ora a Deus, não sabem sequer como se pode passar uma hora divertida. Observa qualquer uma dessas cervejarias estudantis. Ou qualquer dos lugares de diversão que a gente rica frequenta. Que espetáculo mais desolador... De tudo isso não pode redundar nada de bom, meu caro Sinclair. Esses homens que tão temerosamente se congregam estão cheios de medo e de maldade, nenhum se fia no outro. Mantêm-se fiéis a ideais que já não existem e atacam, furiosos, os que tentam erigir outros novos. Sinto o início de graves conflitos que não podem tardar a surgir. Já não podem tardar, crê-me. Naturalmente, não vão "melhorar" o mundo. Quer os operários assassinem seus patrões ou quer a Rússia e a Alemanha disparem uma contra a outra, isso redundará apenas numa mudança de proprietários. Mas tampouco serão completamente inúteis. Revelarão a falência dos ideais de hoje e forçarão a derrocada de toda uma série de deuses da idade da pedra. Este mundo, tal como é hoje, quer morrer, quer aniquilar-se e aniquilar-se-á.

– E o que será de nós em tudo isso? – perguntei.

– De nós? Talvez pereçamos com ele. Também nós podemos ser assassinados, mas sem que se logre com isso suprimir-nos. Em torno do que sobrar de nós ou daqueles nossos que sobreviverem haverá de reunir-se logo a vontade de porvir. Erguer-se-á então o desejo da humanidade, sufocado durante tanto tempo pela Europa com sua ruidosa feira de técnica e de ciência. E ver-se-á que a vontade da humanidade não coincide, nem nunca coincidiu em parte alguma, com a das coletividades atuais, dos Estados e dos povos, das associações e das igrejas. Ver-se-á que o que a natureza quer com o homem está gravado no indivíduo, está gravado em ti e em mim. Já o estava em Jesus e em Nietzsche. Quando as coletividades atuais se arruinarem, haverá lugar para todas essas correntes, que, naturalmente, podem variar de aspecto cada dia, mas que são sempre as únicas importantes.

Já muito tarde, paramos diante de um jardim, junto ao rio.

– Moramos aqui – disse Demian. – Vem logo visitar-nos. Estamos esperando-te.

Saboreando minha alegria, empreendi o longo caminho de volta à minha casa na fria noite outonal. Aqui e ali tropecei ainda com estudantes que se retiravam para a casa fazendo algazarra e cambaleando. Não raro tinha comparado sua maneira singular de se divertir com minha vida solitária, certas vezes com alguma inveja e em outras, com desprezo. Mas nunca havia sentido como hoje, com plena serenidade e secreta energia, quão pouco me importava aquilo e quão distante e perdido era para mim aquele mundo. Lembrei-me dos honrados burgueses de minha cidade natal, velhos e dignos senhores, que conservavam a recordação de seu tempo de estudantes como a memória de um paraíso bem-aventurado e consagravam à perdida "liberdade" daqueles anos um culto como o que os poetas e outros românticos dedicam à sua infância. Em toda parte era o mesmo! Todos os homens buscavam a "liberdade" e a "felicidade" num ponto qualquer do passado, só de medo de ver erguer-se diante deles a visão da responsabilidade própria e da própria trajetória. Durante alguns anos, farreavam e bebiam, para logo submeterem-se ao rebanho e se converterem em senhores graves ao serviço do Estado. Sim, era verdade o que Demian afirmava: nosso mundo estava carcomido e essa estupidez estudantil era ainda menos estúpida e menos desprezível do que uma centena de outras.

Mas ao chegar, por fim, à minha afastada vivenda e encerrar-me no quarto, todos esses pensamentos se haviam desvanecido e todo o meu espírito esperava suspenso a concretização da promessa que o dia me trouxera. Tão logo quisesse, amanhã mesmo, poderia ir ver a mãe de Demian. Que me importava que os estudantes bebessem e se tatuassem ou que o mundo estivesse carcomido e próximo da destruição! Eu só esperava que meu destino se me apresentasse com uma nova imagem.

Dormi profundamente até bem tarde pela manhã. O novo dia anunciou-se para mim como uma festividade solene, daqueles que não voltara a viver desde os natais de minha infância. Uma íntima agitação invadiu todo o meu ser, mas sem mescla de temor algum. Sentia que havia começado um dia decisivo para mim e via e sentia o mundo transformado à minha frente, expectante, compreensivo e solene. Até a mansa chuva outonal me parecia bela, serena e domingueira, repleta de musicalidade gravemente jovial. Pela primeira vez se fundiam para mim o mundo exterior e o interior em pura harmonia, festa da alma que torna amável a vida. Nenhuma casa, nenhuma janela, nenhuma das pessoas que encontrei na rua me foram desagradáveis; tudo era como devia ser, mas não mostrava a expressão vazia do cotidiano e do habitual: era natureza expectante, respeitosamente pronta para o destino. Assim havia visto o mundo em criança nas manhãs das grandes festividades, nas manhãs de Natal e de Páscoa. Não sabia que o mundo pudesse ainda ser tão belo. Acostumara-me a viver absorto em mim mesmo e a aceitar, resignado, a perda do sentido exterior, supondo que a ausência de cores vivas do mundo visível estivesse indissoluvelmente vinculada à perda da infância e que a liberdade e a virilidade da alma tinham que ser pagas, de certo modo, com a renúncia a esse suave esplendor. Agora percebia, encantado, que tudo aquilo estivera simplesmente obscurecido e coberto de cinzas, e que também o homem que se libertou e que renunciou à felicidade da infância pode ver o mundo resplandecer e apreciar as íntimas delícias da visão infantil.

Chegou a hora em que me encontrei de novo diante do jardim em cuja porta me despedi de Demian na noite anterior. Escondida atrás de uma cortina de altas árvores, cinzentas sob a chuva, erguia-se uma casinha clara e íntima, através de cujas reluzentes janelas se viam as paredes interiores, de cor escura, com quadros e fileiras de livros. A porta principal conduzia imediatamente a um pequeno salão de entrada, confortável e tépido. Uma velha criada silenciosa, vestida de preto, de avental branco, introduziu-me nele e ajudou-me a tirar o abrigo.

Logo me deixou só. Olhei em meu redor e me achei imediatamente em meio de meu sonho. Sobre a porta, emoldurada de negro, pendia uma pintura que me era familiar: meu pássaro. Surpreendido, permaneci imóvel diante daquela pintura. Meu coração pulsava comovido e feliz, como se tudo o que até então vivera retornasse a mim naquele instante, sob a forma de resposta e concretização. Num abrir e fechar de olhos desfilou, em minha alma, toda uma série de imagens pretéritas: a casa paterna, com o velho escudo de pedra sobre o arco da porta; Demian, em criança, desenhando o escudo; eu mesmo, também criança, angustiosamente submisso ao perverso poder de Kromer; eu, adolescente, em meu pequeno quarto de estudante, pintando silencioso diante da mesa o pássaro de meu sonho, a alma presa na rede de seus próprios fios... E tudo isso, tudo que eu vivera até o momento ressoava de novo em mim e era objeto de assentimento, resposta e aprovação.

Com os olhos embaciados, olhava fixamente meu desenho e lia em mim mesmo. De repente, tive de baixar os olhos: sob o quadro, no vão da porta aberta, erguia-se uma mulher de arrogante estatura, vestida de escuro: era ela.

Não pude mover os lábios. Em seu rosto belo e digno, sem tempo nem idade como o do filho, e repleto também de pura vontade espiritual, esboçou-se um sorriso acolhedor. O olhar era cumprimento, a saudação significava retorno ao lar. Em silêncio, estendi as mãos para ela. Ela as tomou ambas entre as suas, firmes e acolhedoras.

– Você é o Sinclair. Reconheci-o logo. Seja bem-vindo!

Sua voz era profunda e cálida. Bebia-a como a um doce vinho. Alcei os olhos e contemplei-lhe o rosto sereno, os negros olhos insondáveis, a boca fresca e madura, a fronte livre e majestosa, na qual aparecia gravado o signo.

– Que alegria! – exclamei, beijando-lhe as mãos. – É como se estivesse durante toda a vida navegando para aqui e, por fim, chegasse ao porto.

Sorriu maternal.

– Nunca se chega ao porto – disse afavelmente. – Mas quando duas rotas amigas coincidem, o mundo inteiro nos parece, então, o ansiado porto.

Expressava assim o que eu havia sentido a caminho em direção à sua casa. A voz e as palavras eram muito parecidas com as do filho, e, todavia, completamente diversas. Tudo nela era mais maduro, cálido e espontâneo. Mas assim como em épocas anteriores não era possível ver em Max a criança que realmente era, tampouco a essa mulher se acreditaria mãe de um homem já feito: tão tensa e firme a pele dourada, tão florescente a boca. Ali estava, diante de mim, ainda mais majestosa do que em meu sonho, e sua proximidade era ventura de amor e seu olhar, realização.

Tal era, pois, a nova imagem em que meu destino se mostrava, já não mais severa e dolorosa, porém madura e complacente. Não tomei resolução alguma nem fiz qualquer juramento... Havia chegado a uma meta, ao cimo de um caminho dali de onde o via seguir, alargado e esplendoroso, para a terra da promissão, sombreado pelas venturosas árvores de uma felicidade próxima e aromado pelos perfumes frescos de vizinhos jardins aprazíveis. Acontecesse o que acontecesse, agora me sentia feliz por saber que existia no mundo aquela mulher, por beber-lhe a voz e respirar sua presença. O que fosse para mim não importava: mãe, amante ou deusa. Bastava-me sabê-la viva e que o meu caminho seguia paralelo ao seu.

Apontou-me o desenho sobre a porta:

– Você nunca proporcionou ao Max uma alegria tão grande do que quando lhe enviou o desenho – disse reflexivamente. – Esperávamos você e a chegada do desenho certificou-nos de que você estava a caminho. Quando eram ainda muito crianças, Max chegou, certa vez, da escola e me disse: "Temos lá um rapaz que possui o sinal na fronte. Tem que ser meu amigo." Era você. Você tem sofrido provas amargas, mas sempre confiamos que sairia vitorioso delas. Outra vez, durante as férias, Max tornou a encontrá-lo em sua cidade natal. Você devia ter nessa época uns 16 anos. Mas contou-me...

Interrompi-a confuso:

– Lamento que lhe tenha falado também daquele encontro. Eu estava na minha pior época, na mais miserável.

– Sei. Mas disse-me: "Agora Sinclair está enfrentando o mais difícil. Fez nova tentativa de refugiar-se na coletividade e chega a passar dias inteiros nas tabernas. O sinal apagou-se na fronte, mas continua queimando-o em segredo." Não era assim?

– Oh! Era exatamente! Em seguida encontrei Beatrice e mais tarde veio a mim, finalmente, outro guia. Chamava-se Pistórius. Só então percebi por que minha adolescência estivera tão enlaçada com Max e por que não era possível desligar-me dele. Por ocasião de nosso segundo encontro, pensei muitas vezes que iria acabar com a vida. Será que o caminho é tão difícil para todos?

Sua mão resvalou por cima de meus cabelos tão suave como a brisa.

– Sempre é difícil nascer. A ave tem de sofrer para sair do ovo, isso você já sabe. Mas volte o olhar para trás e pergunte a si mesmo se foi de fato tão penoso o caminho. Difícil, apenas? Não terá sido belo também? Podia imaginar outro tão belo e tão fácil?

Movi, dubitativo, a cabeça.

– Foi penoso – disse como adormecido –, foi penoso até que veio o sonho.

Assentiu e fitou-me penetrantemente.

– Sim, temos que encontrar nosso sonho e então o caminho se torna fácil. Mas não há nenhum sonho perdurável. Uns substituem os outros e não devemos esforçar-nos por nos prender a nenhum.

Essas palavras surpreenderam-me profundamente. Seriam uma advertência? Uma repulsa já? Tanto fazia. Estava disposto a deixar-me guiar por ela sem perguntar para onde.

– Não sei – repliquei – quanto tempo durará meu sonho. Desejaria que fosse eterno. Sob a imagem familiar de meu pássaro, o destino me recebeu como mãe e amada. A ele pertenço e só a ele.

– Desde que o sonho seja seu destino, você deve permanecer-lhe fiel – confirmou ela, gravemente.

Uma profunda tristeza invadiu-me e também um anseio de morrer naquela hora encantada. Senti manar em mim lágrimas irrefreáveis, mais fortes do que eu. Há quanto tempo não chorava!

Separei-me bruscamente da senhora e, chegando à janela, olhei com os olhos turvos por cima das moitas floridas.

Atrás de mim ouvi de novo sua voz serena e natural e, todavia, repleta de ternura, como um copo cheio de vinho até as bordas.

– Sinclair, você é uma criança! Seu destino o ama. Algum dia lhe pertencerá por completo, como você sonha, se continuar sendo-lhe fiel.

Eu conseguira serenar-me e me voltei de novo para ela. Estendeu-me as mãos.

– Tenho uns poucos amigos – disse, sorrindo –, uns poucos amigos muito íntimos que me chamam de Eva. Você também pode chamar-me assim se quiser.

Levou-me até a porta, abriu-a e indicou-me o fundo do jardim:

– Lá dentro você encontrará Max.

Aturdido e vibrante de emoção sob as altas árvores, não sabia se estava mais desperto do que nunca ou, pelo contrário, submerso em seus sonhos mais profundamente do que nunca. As gotas de chuva caíam suavemente dos ramos. Lentamente fui penetrando no jardim, que se estendia ao longo do rio. Por fim, encontrei Demian. Nu da cintura para cima, sob uma pequena coberta, treinava boxe contra um saco de areia que pendia do teto.

Assombrado, detive meus passos. A figura de Demian era magnífica. O peito dilatado, a cabeça viril e os braços, com os músculos em tensão, fortes e ágeis. Os movimentos emanavam fáceis da cintura, dos ombros e das articulações dos braços, como águas nascentes.

– Demian! – exclamei. – Que fazes aqui?

Riu alegremente.

– Estou-me exercitando. Prometi lutar com o japonês. É ágil e astuto como um gato. Mas comigo não levará a melhor. Deve-me uma pequena humilhação.

Vestiu a camisa e o casaco.

– Já estiveste com minha mãe? – perguntou.

– Já, Demian. Que mãe maravilhosa a tua! Eva! O nome assenta-lhe perfeitamente. É como se fosse a mãe de todas as criaturas.

Olhou-me por um instante com expressão pensativa.

– Já lhe sabes o nome? Podes ficar orgulhoso, rapaz! És o primeiro a quem o revela tão cedo.

A partir desse dia, entrei e saí daquela casa como um filho e um irmão, mas também como um namorado. Quando fechava atrás de mim a porta do jardim, ou mesmo antes, quando divisava as altas árvores que nele cresciam, sentia-me afortunado e feliz. Lá fora ficava a "realidade", lá fora havia ruas e casas, homens e instituições, bibliotecas e aulas... Ali dentro havia, em troca, alma e amor; ali dentro reinava a fábula e o sonho. Contudo, não vivíamos de maneira alguma isolados do mundo; em nossas conversações e em nossos pensamentos vivíamos amiúde em meio dele, embora em campo distinto; não estávamos separados da maioria dos homens por fronteira alguma, mas por uma forma diversa de ver. Nosso trabalho era erguer no mundo uma ilha, talvez um exemplo e, quando não, o anúncio de uma possibilidade diferente. Por tanto tempo antes solitário, conheci então aquela comunidade que se faz possível entre homens que experimentaram a mais absoluta solidão. Nunca mais desejei ter assento na mesa dos homens felizes, nunca mais anelei a festa dos alegres, nunca mais senti invejas ou saudades vendo a comunidade dos demais. Pouco a pouco fui sendo iniciado no segredo daqueles que traziam o "sinal".

Para o mundo, nós, os marcados com ele, haveríamos de passar por pessoas estranhas, talvez loucas e até mesmo perigosas. Éramos pessoas que havíamos despertado ou despertávamos e nossa aspiração era chegar a uma vigília ainda mais perfeita, enquanto a aspiração e a felicidade dos demais consistiam em ligar cada vez mais estreitamente suas opiniões, seus ideais e seus deveres, sua vida e sua fortuna aos do rebanho. Também aqui havia um impulso, havia força e grandeza. Mas enquanto nós, os marcados, representávamos a vontade da Natureza em direção ao indivíduo e ao futuro, os demais viviam numa vontade de permanência. Para eles, a humanidade – que amavam tanto quanto nós – era algo completo que devia ser conservado e protegido. Para nós, a humanidade era um futuro distante para o qual todos caminhávamos, sem que ninguém conhecesse sua imagem e sem que se encontrassem escritas suas leis em parte alguma.

Além de nós três – Eva, Demian e eu – pertenciam, mais ou menos estreitamente, a nosso círculo outras várias pessoas inquietas de categorias diversas. Algumas delas caminhavam por sendeiros particulares, tendiam para fins especiais e proclamavam determinados deveres e opiniões. Entre elas havia astrólogos e cabalistas, um discípulo de Tolstoi e toda espécie de indivíduos sensíveis, delicados e tímidos, adeptos de nossas seitas, naturalistas e vegetarianos. Outros, mais próximos de nós, buscavam, no passado, os afãs da humanidade à procura de deuses e de novas imagens optativas e seus estudos me recordavam com frequência os de Pistórius. Traziam livros, traduziam para nós textos em línguas antigas, mostravam-nos reproduções de símbolos e ritos passados e nos ensinavam a ver como todo o patrimônio da humanidade consistia, até agora, em ideais extraídos de sonhos da alma inconsciente, de sonhos de que a humanidade seguia tateando os vislumbres de suas possibilidades futuras. Desse modo percorremos toda a estranha série de deuses do mundo antigo até os albores do cristianismo. Conhecemos os credos dos solitários e as transformações das religiões ao passarem de um povo a outro. De tudo o que assim fomos reunindo concluímos, com uma acerba crítica de nossa época e da Europa atual, que trouxera à humanidade, num magno impulso, poderosas armas novas, mas que havia caído logo numa profunda e lamentável desolação do espírito, pois ganhara o mundo inteiro para com isso perder a alma.

Relativamente a essa questão também havia defensores e adeptos de esperanças e doutrinas redentoras muito diversas. Havia budistas que queriam converter a Europa, discípulos de Tolstoi e de outras muitas tendências.

Os que formávamos o círculo mais íntimo e estreito ouvíamos essas doutrinas sem ver nelas mais do que símbolos. Nós, os marcados, não tínhamos por que nos preocupar com a estrutura do futuro. Todos os credos, toda doutrina salvadora nos parecia morta e inútil desde o princípio. Para nós, só havia um dever e um destino: chegarmos a ser perfeitamente nós mesmos, conformarmo-nos inteiramente à semente da natureza em nós ativa e vivermos tão entregues à nossa vontade que o futuro incerto nos encontraria prontos para tudo que pudesse trazer consigo.

Pois todos, confessássemos ou não, já sentíamos próximo e perceptível um ocaso do atual e uma nova aurora. Demian dizia-me às vezes: "Não é possível imaginar o que virá. A alma da Europa é um animal há muito tempo encarcerado. Quando recobrar a liberdade não é de se esperar que seus primeiros passos sejam muito gentis. Mas nem os caminhos nem rodeios importam se no fim surgir à luz a verdadeira necessidade da alma, adormecida e enganada durante tanto tempo. E esse dia será o nosso, o dia em que seremos necessários. Mas não como guias ou legisladores - nenhum de nós chegará a ver as novas leis -, mas como voluntários, como homens sempre dispostos a acudir onde o destino os chame. Todos os homens estão prontos a fazer o impossível quando seus ideais estão ameaçados; mas quando se anuncia um novo ideal, um novo impulso de crescimento, inquietante e talvez perigoso, todos se acovardam. Nós seremos então aqueles poucos que avançarão entregues sem temor. Para isso, levamos o sinal, como Caim o trazia para infundir medo e ódio e arrancar a humanidade de então de um mundo idílico e limitado, conduzindo-a a horizontes mais amplos e perigosos. Todos os homens que influíram na marcha da humanidade, todos eles, sem exceção ou diferença, puderam fazê-lo porque estavam sempre prontos para o destino. Tanto Moisés quanto Buda, Napoleão ou Bismarck. Ninguém pode escolher a onda a que obedecerá nem o polo pelo qual será atraído. Se Bismarck tivesse compreendido os socialdemocratas e acolhesse suas inspirações, teria sido um político prudente, mas não um homem do destino. O mesmo se passou com Napoleão, com César, com Inácio de Loiola, com todos eles. Essas coisas devem ser consideradas sempre do ponto de vista biológico e evolutivo. Quando as transformações da crosta terrestre arrojaram animais aquáticos à terra e animais terrestres ao mar, foram os espécimes dispostos a qualquer destino os que enfrentaram o novo e inaudito e puderam salvar sua espécie com novas adaptações. Não sabemos se tais espécimes eram aqueles que antes se sobressaíam entre os de sua espécie como conservadores ou, pelo contrário, como originais e revolucionários. Estavam prontos e puderam salvar assim a espécie através de novas evoluções. Bem sabemos disso e é por isso que desejamos estar *prontos*."

Eva assistia muitas vezes a essas conversações, mas nelas não tomava parte ativa. Para cada um de nós era, quando assim exteriorizávamos nossos pensamentos, um ouvido atento e um eco cheio de confiança e de compreensão. Parecia que todas as nossas ideias emanavam dela e a ela volviam. Sentir-me perto dela, ouvir sua voz de quando em quando, participar do ambiente de maturidade e espiritualidade que a rodeava era para mim o paraíso.

Mal se iniciava em mim uma modificação qualquer, uma alteração ou uma renovação, ela era a primeira a identificá-la. Meus sonhos noturnos pareciam-me agora inspirações suas. Muitas vezes relatava-os a ela, e sempre lhe eram transparentes e compreensíveis, sem que neles houvesse singularidade alguma que ela não seguisse com clara intuição. Durante um período, tive sonhos que eram sempre como o eco de nossas conversas do dia. Sonhava que o mundo inteiro ardia em rebelião e que eu esperava - só ou com Demian - a chamada do grande destino. O destino permanecia velado, mas deixava transparecer de certo modo os traços de Eva. Ser escolhido ou recusado por ela: tal era o destino.

Às vezes, me dizia sorrindo: "O sonho não acaba aí, Sinclair. Você se esqueceu do melhor..." E, com efeito, costumava então evocar-me novos fragmentos do sonho, sem que eu conseguisse explicar-me como havia esquecido.

Em certas ocasiões, me sentia insatisfeito e atormentado de desejos. Achava não poder suportar por mais tempo tê-la a meu lado sem estreitá-la entre os braços. Também isso ela percebeu logo, e ao ver-me chegar um dia em sua casa, agitado e confuso, após vários dias de retraimento, chamou-me à parte e disse-me:

– Você não deve entregar-se a desejos nos quais não acredita. Sei o que deseja. Você tem que abandonar esses desejos ou desejá-los de verdade e totalmente. Quando chegar a pedir tendo em si a plena segurança de alcançar seu desejo, a demanda e a satisfação coincidirão no mesmo instante. Mas você deseja e se reprova, temeroso de seus desejos. Tem que dominar tudo isso. Vou lhe contar uma fábula.

E me contou sobre um adolescente que estava enamorado de uma estrela. Junto ao mar estendia os braços para ela, adorava-a, sonhava com ela e lhe dedicava todos seus pensamentos. Mas sabia, ou pensava saber, que um homem não pode enlaçar uma estrela. Imaginava que seu destino era amá-la sempre sem esperanças e construiu sobre essa ideia toda uma vida de renúncias e de dores, muda e fiel, que devia purificá-lo e enobrecê-lo. Uma noite, estava de novo sentado junto ao mar, no alto de uma escarpa, contemplando a amada e ardendo de amor por ela. E num instante de profundo anseio, saltou no vazio para alcançar a estrela. Mas ainda não pensou na impossibilidade de alcançá-la e caiu, arrebentando-se contra as rochas. Não sabia amar. Se no momento de saltar tivesse força de alma bastante para crer, fixa e seguramente, na obtenção de seu desejo, teria voado para o céu a encontrar sua estrela.

– O amor não deve pedir – continuou – tampouco exigir. Há de ter a força de chegar em si mesmo à certeza e então passa a atrair em vez de ser atraído. Sinclair, seu amor é agora atraído por mim. Quando chegar a atrair-me, então, atenderei. Não quero ser uma dádiva, mas uma conquista.

Tempos depois, contou-me outra história. Era um homem que amava sem esperanças. Tinha-se encerrado inteiramente em si mesmo e imaginava que se ia consumindo na chama de seu amor. O mundo desapareceu para ele. Não via o céu nem o bosque verde; não ouvia o murmúrio dos regatos nem os sons da harpa; tudo em seu redor se havia desfeito, deixando-o abandonado e miserável. Seu amor cresceu, contudo, de tal maneira, que preferiu consumir-se e morrer em sua fogueira a renunciar à posse daquela mulher. E então sentiu que sua paixão devorava em si tudo aquilo que não fosse amor, tornava-se poderosa e impunha à amada distante uma imperiosa atração, fazendo-a correr para si. Mas quando abriu os braços para recebê-la, achou-a transformada e viu e sentiu, surpreendido, que atraíra para si todo o mundo perdido. Lá estava o mundo diante dele, ofertando-se por completo; céu, bosque e regato voltavam para ele com novas cores, cheios de vida e de luz, pertenciam-no e falavam sua linguagem. E em vez de ganhar apenas uma mulher, tinha o mundo inteiro em seu coração e cada uma das estrelas do céu resplandecia nele e irradiava prazer em toda sua alma... Havia amado e amando encontrara a si mesmo. Mas a maioria dos homens amam para se perder em seu amor.

Meu amor por Eva parecia ser o conteúdo único de minha vida. Mas a cada dia era diverso. Às vezes, achava que não era sua pessoa a que meu ser aspirava, atraído, não sendo ela senão um símbolo de meu próprio interior, que tendia somente a conduzir-me mais profundamente para dentro de mim. Com frequência, ouvia dela palavras que me soavam como respostas de meu inconsciente e espinhosas interrogações em mim surgidas. Logo, havia instantes em que ardia de novo em desejos sensuais a seu lado e beijava os objetos que ela havia tocado. Mais tarde, o amor sensual e o espiritual, a realidade e o símbolo, foram-se confundindo e congregando-se num todo. Acontecia então pôr-me a pensar nela, na tranquila intimidade de meu quarto de estudante, e chegava a sentir suas mãos entre as minhas e seus lábios nos meus. Ou estar a seu lado, contemplar-lhe o rosto, falar-lhe e ouvi-la falando e não saber fixamente, contudo, se sua presença era real e não sonhada. Comecei a vislumbrar como um amor podia ser perdurável e imortal. Ao descobrir na leitura de um livro uma nova ideia, era como se Eva me tivesse beijado, e quando ela passava a mão em meus cabelos e irradiava para mim, com um sorriso, seu maduro calor aromal, era como se eu tivesse realizado um enorme progresso espiritual dentro de mim. Tudo o que me era importante, tudo o que para mim era destino, podia adquirir sua figura. Podia transformar-se em cada um de meus pensamentos, e cada um de meus pensamentos transformar-se nela.

Imaginando que tormento seria passar longe de Eva 15 dias, via com temor a chegada das férias do Natal, que deveria passar com meus pais. Mas não foi um tormento e sim uma delícia sentir-me entre os meus, em minha casa, e pensar nela. Ao regressar a H. ainda fiquei dois dias sem ir vê-la, para usufruir essa segurança e a independência de sua presença sensível. Tive sonhos também em que minha união com ela se realizava em novas formas simbólicas. Ela era o mar e eu um rio que nele desembocava. Era uma estrela e eu outra que marchava em sua direção. Encontrávamo-nos e nos sentíamos mutuamente atraídos, permanecíamos juntos e girávamos felizes por toda a eternidade em círculos muito próximos e vibrantes, um ao redor do outro

Na primeira vez que fui vê-la após as férias, contei a Eva o sonho.

– Um belo sonho, Sinclair – disse-me. – Procure torná-lo realidade.

Já nas proximidades da primavera, houve um dia de que jamais me esquecerei. Cheguei à casa de Max nas primeiras horas da tarde. Uma das janelas da entrada estava aberta, e a brisa tíbia arrastava pela sala o denso perfume dos jacintos. Não vendo ninguém, subi ao estúdio de Max. Chamei levemente e entrei sem esperar resposta, como tantas outras vezes.

O quarto estava às escuras, com todas as cortinas fechadas. A porta de um pequeno quarto, em que Max havia instalado um laboratório químico, abria-se ao fundo e por ela penetrava a branca luz do sol primaveril velado por nuvens de chuva. Acreditando-me só na habitação, descerrei uma das cortinas.

Próximo à outra janela, encolhido em uma cadeira e estranhamente modificado, estava Max Demian. A sensação de já ter vivido antes aquele mesmo instante me percorreu como um raio. Demian permanecia imóvel, os braços relaxados e as mãos caídas sobre os músculos. Inclinado para a frente, olhava sem ver, com olhos muito abertos, cegos e inanimados, em cuja pupila reluzia, morto, um reflexo de luz, duro e frio, como num objeto de cristal. O rosto pálido e ensimesmado não tinha outra expressão do que a de uma terrível rigidez semelhante à de uma antiquíssima carântula selvagem do pórtico de um templo. Parecia não respirar.

A violenta precisão da lembrança estremeceu-me todo. Assim, exatamente assim, já o vira outra vez, quando era ainda quase uma criança, com o olhar voltado não sei para que visão interior e as mãos caídas e inertes. Uma mosca passeava-lhe pelo rosto. E seu aspecto de então, seis anos antes, fora exatamente como o de agora, exatamente tão jovem ou tão velho, completamente alheio ao tempo. Nem um só traço de seu rosto era hoje diverso.

Sobressaltado por medo repentino, saí do quarto e desci a escada. Na entrada encontrei Eva. Estava pálida e parecia fatigada, como jamais a vira. Uma sombra penetrava pela janela. A luminosidade esbranquiçada e crua do sol havia desaparecido de súbito.

– Estive com Max – murmurei agitado. – Aconteceu-lhe algo? Está adormecido ou ensimesmado, não sei bem. Há muito tempo já o vi assim.

– Você não chegou a despertá-lo? – disse rápida.

– Não, não me ouviu. Saí logo do quarto. Mas, diga-me, Eva, que lhe aconteceu?

Eva passou o dorso da mão sobre a fronte.

– Tranquilize-se, não lhe está acontecendo nada, Sinclair. Está simplesmente abstraído. Não tardará a voltar a si.

Levantou-se e saiu ao jardim, embora começasse a chover. Senti que não devia acompanhá-la. Andei de um lado para o outro na sala, em meio ao enervante aroma de jacintos; contemplei meu desenho com o pássaro em cima da porta e respirei oprimido a estranha sombra que naquele dia penetrava a casa. Que significava tudo aquilo? Que havia ocorrido?

Pouco depois, retornou Eva. Sobre os cabelos escuros brilhavam gotas de chuva. Sentou-se numa poltrona com ar fatigado. Aproximei-me e, inclinando-me sobre ela, beijei as gotas de chuva que lhe pendiam do cabelo. Os olhos permaneceram claros e serenos, mas aquelas gotas tinham o sabor de lágrimas.

– Quer que eu suba outra vez ao quarto de Max? – murmurei.

Sorriu debilmente.

– Não seja teimoso, Sinclair! – advertiu em voz alta, como para romper um sortilégio que a rodeasse. – Vá agora e volte mais tarde. Não posso falar agora com você.

Saí e afastei-me da casa e da cidade, em direção às montanhas. A fina chuva oblíqua caía silenciosa e as nuvens voavam baixas e como atemorizadas sob poderosa pressão. Abaixo, ao nível do chão, o vento mal corria, o mesmo que, ao contrário, parecia reinar tempestuoso nas alturas. Por entre o aço cinza das nuvens surgia, de quando em quando, por um instante, o resplendor solar pálido e cru.

De repente, cruzou rápida no céu uma isolada nuvem amarela, que foi de encontro ao tormentoso muro acinzentado, e o vento formou em poucos instantes, com o amarelo e o azul, uma estranha figura, uma ave gigantesca que se destacou da azul confusão e desapareceu com poderosas batidas de asas pelo céu A tormenta começou então a descarregar sua fúria e a chuva caiu em torrentes, misturada a granizo. Sobre a campina fustigada ressoou com temeroso estampido um trovão breve e seco, estranhamente irreal. No mesmo instante, tornou a brilhar o sol por um segundo entre as nuvens e, sobre as montanhas próximas, por cima do bosque sombrio, reluziu, morta e irreal, a neve pálida.

Quando regressei, ensopado e sem fôlego, Demian abriu-me a porta. Subi com ele a seu quarto. No laboratório luzia uma chama de gás e em redor dela havia vários papéis. Parecia que estivera trabalhando.

– Senta-te – disse-me. – Deves estar cansado. Está um tempo medonho e vê-se que estiveste vagando por aí. Daqui a pouco virá o chá.

– Algo estranho está acontecendo hoje – comecei vacilante. – Não pode ser apenas a tempestade.

Olhou-me penetrantemente.

– Viste alguma coisa?

– Sim. Durante alguns segundos vi claramente nas nuvens uma figura.

– Que figura?

– Um pássaro.

– O gavião? O pássaro de teu sonho?

– Sim. Meu gavião. Voou, gigantesco e amarelo, perdendo-se na escuridão do céu.

Demian respirou profundamente.

Bateram à porta. Era a velha criada que trazia o chá.

– Serve-te, Sinclair... Não teria sido casualidade?

– Não, Demian. Essas coisas nunca surgem por acaso.

– Tens razão. Deve significar algo. Sabes o quê?

– Não. Sinto apenas que significa uma comoção, um passo no destino. Creio que nos diz respeito a todos.

Demian passeou, agitado, de um lado para outro.

– Um passo no destino! – exclamou com força. – Sonhei a mesma coisa essa noite e minha mãe teve ontem um presságio idêntico. Sonhei que subia por uma escada ao alto de uma árvore ou de uma torre e, ao chegar lá em cima, via todo o país em chamas, uma grande planície semeada de aldeias e cidades incendiadas. Não te posso contar ainda todo o meu sonho. Ainda não o distingo muito bem.

– Achas que tem relação contigo? – perguntei.

– Comigo? Naturalmente. Ninguém sonha nada que não se refira a si próprio. Mas de certo modo tens razão. Não se refere exclusivamente a mim. Distingo bastante bem os sonhos que me mostram impulsos de minha alma daqueles outros, nada frequentes, em que se anuncia o destino da humanidade inteira. Só muito raras vezes tive sonhos dessa espécie e nunca nenhum daqueles que se possa dizer uma profecia prestes a realizar-se. A interpretação é sempre incerta. Mas o que sei seguramente é que sonhei algo que não se refere a mim, exclusivamente. Era a continuação de outros anteriores, em que vi os presságios de que já te disse. O fato de nosso mundo estar carcomido não é razão suficiente para profetizar sua ruína ou algo semelhante. Mas desde há alguns anos, venho sonhando coisas de que deduzo a proximidade da destruição de um velho mundo. A princípio foram vislumbres muito longínquos e débeis, mas cada vez se tornaram mais perceptíveis e fortes. Contudo, sei apenas que se aproxima algo grande e terrível para mim. Sinclair, vamos viver aquilo de que falamos tantas vezes. O mundo quer renovar-se. Há eflúvios de morte. Nada de novo surge sem a morte. É mais terrível do que eu pensava.

Sobressaltado, olhei-o fixamente.

– Não podes contar-me o resto do sonho? – roguei com timidez.

Ele balançou a cabeça.

– Não.

A porta abriu-se e entrou Eva.

– Vocês estão aqui até agora, meninos. Por que estão assim tão tristes?

Toda a expressão de fadiga havia desaparecido de seu rosto. Demian fitou-a, sorrindo. Vinha a nosso encontro como a mãe que acorre para tranquilizar os filhos assustados.

– Tristes, não, mãe. Meditamos um pouco sobre esses novos signos. Mas não há motivo para preocupações. O que há de vir logo surgirá diante de nós e então saberemos o que necessitamos saber.

Não obstante, meu espírito permaneceu inquieto, e quando me despedi e atravessei sozinho o vestíbulo, achei que os jacintos exalavam um odor murcho, insípido e fúnebre. Uma sombra havia caído sobre nós.

# 8
# O princípio do fim

Obtive permissão para permanecer ainda em H. durante os cursos de férias. Passávamos o dia fora de casa, no jardim, junto ao rio. O japonês havia partido, após ser derrotado no pugilato por Demian, segundo todas as regras da arte. Também o discípulo de Tolstoi nos havia deixado. Demian saía a cavalo todos os dias e eu passava longos momentos a sós com sua mãe.

Às vezes, maravilhava-me com a aprazível serenidade em que minha vida transcorria. Já tinha tanto costume de estar solitário, de renunciar a tudo e vagar de um lado para outro com meus tormentos que esses meses passados em H. me pareciam uma ilha encantada em que me era permitido viver tranquilo e enlevado, rodeado apenas de objetos e sentimentos agradáveis. Vislumbrava nessa vida uma antecipação daquela comunidade superior que imaginávamos. Mas em meio a essa serena felicidade, me invadia, de quando em vez, uma profunda tristeza, pois sabia muito bem que isso não podia durar muito. Meu destino não era viver em paz e na abundância, mas na privação e no tormento. Sentia que mais cedo ou mais tarde haveria de despertar daquelas gratas imagens de amor e achar-me novamente só, inteiramente isolado no mundo frio dos demais, onde só havia para mim luta e solidão e nunca a comunidade e o amor.

Nesses períodos de tristeza, respirava com mais ansiosa ternura a proximidade de Eva, satisfeito de que meu destino conservasse ainda seus belos traços serenos.

Os dias estivais passaram rápidos e fáceis. O curso de verão chegava ao fim. A despedida aproximava-se, mas não devia pensar nela e não pensava, mas permanecia simplesmente fixo naqueles dias formosos, como a borboleta no mel da flor. Aquela havia sido minha época feliz, a primeira satisfação de minha vida e meu acolhimento na aliança; que viria depois? Teria novamente que lutar para abrir caminho, de sofrer nostalgia, de ter sonhos e de estar só?

Esse pressentimento invadiu-me um dia com tamanha força que meu amor por Eva ardeu de repente numa chama dolorosa. Em breve, já não a veria, não ouviria seus passos firmes e bons através da casa nem encontraria suas flores em minha mesa! E que havia conseguido eu? Sonhara e vivera na doce calma em vez de conquistá-la, em vez de lutar por ela e arrastá-la para meu lado para sempre. Recordei tudo o que me dissera sobre o amor verdadeiro, palavras de sutil conselho, palavras de latente atração, talvez de promessas. Que fizera eu de tudo aquilo? Nada! Absolutamente nada!

De pé, em meio ao quarto, concentrei com máximo esforço toda a minha atenção e pensei em Eva. Queria orientar em direção a ela todas as energias de minha alma para fazê-la sentir meu amor e atraí-la para mim. Teria que acudir em busca de meus braços e meus beijos haveriam de mergulhar insaciáveis em seus maduros lábios de amor.

Longo tempo permaneci assim, em máxima tensão. Um frio sutil começou a penetrar-me, partindo da ponta dos dedos. Sentia como se uma força emanasse de mim. Por alguns instantes, formou-se em meu interior, firme e compacto, algo claro e frio; durante um instante tive a sensação de trazer em meu peito um cristal, e sabia que aquilo era o meu eu. O frio me subia até o coração.

Ao despertar daquela tensão terrível senti que algo vinha à minha busca. Estava mortalmente esgotado, mas pronto para ver Eva entrar em meu quarto, ardente e radiante.

Um duro galopar de cavalo ressoou distante, no extremo da ampla rua, e foi-se aproximando rápido para deter-se à minha porta. Corri à janela e vi Demian que apeava. Parti imediatamente a seu encontro escada abaixo.

– Que houve, Demian? Aconteceu algo a sua mãe?

Não ouviu minhas palavras. Estava pálido e o suor lhe escorria de ambos os lados da testa em direção à face. Atou as rédeas do animal à sebe do jardim, tomou-me do braço e pôs-se a andar comigo rua abaixo.

– Já sabes de algo?

Não sabia de nada.

Demian apertou-me o braço e voltou o rosto para mim com um estranho olhar sombrio e compassivo.

– Agora estoura, meu caro. Já vias o mau sinal que iam tomando nossas relações com a Rússia...

– O quê? A guerra? Não achei possível.

Falava em voz baixa, embora não se visse ninguém em toda a rua.

– Ainda não foi declarada. Mas é a guerra. Podes estar certo. Não queria tornar a falar-te disso; mas após nossa conversa, vi por três vezes signos premonitórios cada vez mais claros. O que anunciavam não era, pois, o fim do mundo, nem um terremoto ou uma revolução. Era a guerra. E o pior é que muitos a receberão com alegria e há tantos que esperam impacientes a explosão. Quão insípida lhes deve ser a vida! E isso é apenas o começo, Sinclair! Será talvez uma grande guerra, uma guerra monstruosa. Mas, mesmo assim, não deixará de ser um começo. O novo se anuncia e há de ser terrível para aqueles que permanecerem ligados ao antigo. Que vais fazer?

Sentia-me confuso. Tudo aquilo me parecia ainda estranho e inverossímil.

– Não sei. E tu?

Encolheu os ombros.

– Quando for decretada a mobilização, apresento-me. Sou oficial.

– Tu? Não sabia disso.

– Sim, foi uma de minhas adaptações. Sabes, estive no exterior e as coisas que vi não me agradaram, de modo que achei correto assim proceder. Em oito dias, creio, estarei na frente...

– Meu Deus!

– Ora, não vás bancar o sentimental! Claro que no íntimo não me será agradável ordenar fogo contra outros homens. Mas isso é secundário. Mais cedo ou mais tarde, todos teremos que entrar na grande rodada. Também serás chamado.

– E que será de tua mãe, Demian?

Só agora tornava a meu pensamento o que nele estava a um quarto de hora antes. Como se havia transformado o mundo! No momento em que concentrara todas as minhas forças para invocar a imagem mais doce e amada, o destino me mostrava nova face, uma terrível máscara ameaçadora.

– Minha mãe? Não há motivo de preocupações. Está segura, mais segura do que ninguém hoje no mundo. Ama-a tanto assim?

– Tu o sabias, Demian?

Riu claro e franco.

– Mas, meu caro, lógico que sabia. Ninguém jamais chamou minha mãe de Eva sem amá-la. Agora, dize-me, que aconteceu? Tu hoje chamaste por ela ou por mim, não foi?

– Sim, chamei. Chamei por Eva.

– Ela o sentiu. Súbito me pediu que viesse ver-te. Tinha acabado de lhe dar as notícias da Rússia.

Voltamos a minha casa sem quase nos falarmos. Demian desamarrou o cavalo e montou.

Em cima, em meu quarto, senti o quanto estava esgotado, pelas notícias de Demian e muito mais ainda pela enorme tensão interior. Mas Eva me havia ouvido! Meus pensamentos tinham chegado até seu coração. Teria acudido a mim se não fosse... Que estranho era tudo aquilo e que belo, no fundo! Agora já podia vir a guerra. Já podia começar a suceder aquilo de que tantas vezes havíamos falado. Demian tinha-o previsto. A corrente do mundo já não iria passar ao largo deixando-nos à margem, mas desta vez diretamente através de nossos corações; a aventura e os mais violentos destinos nos chamavam, e aproximava-se o momento em que o mundo queria transformar-se e precisava de nós. Demian tinha razão: não havia motivo para sentimentalismos. Mas o que me parecia estranho é que algo tão individual e isolado como o *destino* tivesse que ser vivido juntamente com tantos outros, com o mundo inteiro. Pois fosse!

Estava pronto. Quando, ao entardecer, saí da cidade, nela reinava a maior agitação. A palavra "guerra" soava em toda parte.

Fui à casa de Eva e ceamos no jardim. Eu era o único convidado. Ninguém falou uma só palavra sobre a guerra. Só mais tarde, pouco antes de retirar-me, disse Eva:

– Querido Sinclair, hoje ouvi seu chamado. Já sabes por que não corri eu mesma. Mas não esqueça que agora você já sabe o chamado e sempre que necessitar de alguém que tenha o sinal, chame de novo.

Levantou-se e pôs-se a andar à nossa frente, através do jardim sombrio. Enigmática imagem, caminhava, majestosa e arrogante, entre as árvores silentes, e sobre a cabeça ardiam-lhe, pequenas e delicadas, as muitas estrelas.

Estou chegando ao final. Os acontecimentos precipitaram-se. A guerra estourou e Demian partiu, estranhamente modificado, dentro de seu uniforme e do capote cinza. De volta da estação, acompanhei sua mãe até sua casa. Também me despedi dela pouco depois. Beijou-me na boca e me reteve um instante contra o peito, enquanto seus olhos grandes ardiam fixos e próximos dos meus.

Todos os homens pareciam irmanados. Pensavam na pátria e na honra. Mas era o destino o que se mostrava diante deles, por um momento, frente a frente e sem véus. Milhares de jovens saíam dos quartéis e entravam nos trens, e em muitas faces vi um sinal – o nosso –, um sinal belo e nobre, que significava amor e morte. Também eu fui abraçado por homens que nunca havia visto e lhes respondi e correspondi com satisfação. O que os impulsionava era uma embriaguez, e não a aceitação do destino; mas essa embriaguez era sagrada e provinha daquele instante em que lhes fora dado contemplar o destino frente a frente.

Só nos últimos dias de outono é que fui enviado à frente de batalha.

A princípio e apesar das sensações do combate, senti-me defraudado. Antes me havia perguntado muitas vezes por que eram tão poucos os homens que conseguiam viver por um ideal. Agora percebia que todos os homens eram capazes de morrer por um ideal. Mas não por um ideal seu, livremente escolhido, mas por um ideal comum e transmitido.

Contudo, ao fim de algum tempo, tive de confessar-me que havia julgado os homens abaixo do que realmente valiam. Apesar da uniformidade que lhes impunha o serviço militar e o perigo comum, vi muitos se aproximarem arrogantemente à vontade do destino, em plena vida ou a ponto de morrer. Muitos mostravam, a todo momento e não só no ataque, aquele olhar firme, distante e alheado que não sabe de fim nenhum e implica uma completa entrega ao monstruoso. Fossem quais fossem suas opiniões ou ideias, aqueles homens estavam prontos, eram aproveitáveis e podiam servir para dar conformação ao futuro. Não importava que o mundo parecesse se manter obstinadamente fixo em seus antigos ideais, em seu conceito tradicional da guerra, do heroísmo e da honra, e que toda voz de verdadeira humanidade soasse mais longínqua e irreal do que nunca. Tudo isso era apenas superfície, igual aos fins exteriores e políticos da guerra. Sob ela, no fundo, formava-se algo novo. Algo como uma nova humanidade. Pois havia muitos homens, e alguns deles morreram a meu lado, para os quais era evidente que o ódio e a fúria, a matança e a destruição não se achavam ligados aos objetos. Não; os objetos, bem como os fins, eram puramente casuais. Os sentimentos primordiais, inclusive os mais violentos, não iam contra o inimigo; sua obra sangrenta era apenas uma irradiação do interior, da alma dissociada e dividida, que queria enfurecer-se e matar, aniquilar e morrer, para nascer de novo. Uma ave gigantesca rompia a casca. A casca era o mundo, e o mundo havia de cair feito em pedaços.

Numa noite de primavera eu estava de sentinela diante de uma granja que havíamos ocupado naquele dia. Um vento sutil soprava em ondas caprichosas, e sob o alto céu de flandres cavalgavam exércitos de nuvens, atrás dos quais resplandecia indefinido um prenúncio de lua. Durante todo o dia, já me sentira inquieto; uma preocupação indeterminada me agitava. Agora, em meu sombrio posto, pensava com fervor nas imagens de minha vida passada, em Eva e em Demian. Apoiado no tronco de um álamo, contemplava fixamente o céu inquieto, cujos resplendores, secretamente palpitantes, se converteram de súbito numa ampla série fluente de imagens. Na debilidade singular de minhas pulsações, na insensibilidade de minha pele para o vento e a chuva e na vibrante vigília interior, senti que em torno de mim havia um guia.

Via-se nas nuvens uma grande cidade, da qual fluíam milhares de homens que se espalhavam como enxames pelas amplas paisagens. Em meio a eles caminhava uma poderosa divindade, o cabelo semeado de estrelas reluzentes, alta como uma montanha. O rosto era o de Eva. Em seu interior, entraram os homens em grupos como numa caverna gigantesca e lá desapareceram. A deusa sentou-se no chão. Em sua fronte o sinal resplandecia. Parecia sofrer o domínio de um sonho; fechou os olhos e o amplo rosto contraiu-se num gesto de dor. De repente, lançou um grito agudo e de sua fronte saltaram estrelas, milhares de estrelas resplandecentes, que voaram para o negro céu em curvas magníficas.

Uma das estrelas vinha, com vibrante cântico, em minha direção. Parecia procurar-me... De repente, explodiu com estrondo em milhares de estilhaços, elevou-me nos ares e arrojou-me novamente ao solo, enquanto o mundo caía fragorosamente sobre mim.

Encontraram-me perto do álamo, coberto de terra e com muitas feridas.

Estava estendido numa cova. Os canhões troavam sobre mim. Depois, estendido em um carro que brincava através de campos vazios. A maior parte do tempo, dormia ou jazia sem consciência. Mas quanto mais profundo era meu sonho, mais violentamente me sentia atraído para algo exterior a mim. Obedecia a uma força que me dominava.

Estava estendido num estábulo sobre a palha e, no escuro, alguém pisara em minha mão. Mas meu interior queria seguir avante; uma força imperiosa me atraía para fora dali. De novo viajei estendido num carro e logo sobre uma padiola ou numa escada, e cada vez me sentia mais imperiosamente chamado para algum lugar. Só sentia a necessidade de chegar, por fim, a ele.

Cheguei à meta. Era de noite. Conservava toda a minha consciência e, no entanto, havia sentido, minutos antes, poderosamente, a atração e o impulso. Estava agora em uma sala, estendido sobre um colchão, no solo, e sabia que já me encontrava no lugar a que fora chamado. Olhei em meu redor. Junto ao colchão havia outro, e sobre ele jazia alguém que se inclinou para ver-me. Trazia o sinal na fronte. Era Max Demian.

Não pude falar. Tampouco ele. Ou não queria. Olhava-me apenas. A luz de uma lâmpada de parede caía-lhe no rosto. Max sorriu para mim.

Longo tempo olhou-me fixamente nos olhos. Lentamente foi-se aproximando aquele rosto do meu, até que quase nos tocamos.

– Sinclair! – murmurou.

Com os olhos dei-lhe a entender que o ouvia.

Sorriu de novo, quase compassivo.

– Sinclair, meu caro! – disse sorrindo.

Sua boca estava agora muito próxima da minha. Continuou falando em voz baixa.

– Ainda te lembras de Franz Kromer?

Fiz-lhe um sinal e pude também sorrir.

– Sinclair, menino, ouve-me bem. Tenho que partir. Talvez voltes a precisar de mim contra Kromer ou outro qualquer. Quando me chamares então já não virei tão grosseiramente a cavalo ou de trem. Terás que ouvir em ti mesmo e então perceberás que estou dentro de ti. Compreendes? Outra coisa ainda. Eva me disse que, se alguma vez estivesses mal, que eu te desse o beijo que ela me deu ao partir... Fecha os olhos, Sinclair!

Obediente, fechei os olhos e senti um leve beijo nos lábios, sobre os quais tinha ainda um pouco de sangue, que não queria estancar. Em seguida, adormeci.

Pela manhã, vieram fazer-me curativos. Quando despertei, finalmente, voltei súbito os olhos para o colchão ao lado. Sobre ele jazia um desconhecido, a quem nunca vira antes.

A cura causou-me mal. Tudo o que depois me aconteceu causou-me mal. Mas quando, vez por outra, encontro a chave e desço em mim mesmo, ali onde, no sombrio espelho, dormem as imagens do destino, basta-me inclinar sobre a negra superfície acerada para ver em mim minha própria imagem, semelhante já em tudo a ele, a ele, a meu amigo e meu guia.

*fim*

ATENDIMENTO AO LEITOR E VENDAS DIRETAS

Você pode adquirir os títulos da BestBolso através do Marketing Direto do Grupo Editorial Record.


- Telefone: (21) 2585-2002
  (de segunda a sexta-feira, das 8h30 às 18h)
- E-mail: mdireto@record.com.br
- Fax: (21) 2585-2010


Entre em contato conosco caso tenha alguma dúvida, precise de informações ou queira se cadastrar para receber nossos informativos de lançamentos e promoções.

Nossos sites:
www.edicoesbestbolso.com.br
www.record.com.br

EDIÇÕES
BestBolso

Este livro foi composto na tipologia Minion Pro Regular, em corpo 10,5/13, e impresso em papel off-set 56g/m² no Sistema Cameron da Divisão Gráfica da Distribuidora Record.